흐르는 강물처럼

如流

흐르는 강물처럼 如流

펴 낸 날   2024년 9월 4일

지 은 이   정운복
펴 낸 이   이기성
기획편집   이지희, 윤가영, 서해주
표지디자인 이지희
책임마케팅 강보현, 김성욱
펴 낸 곳   도서출판 생각나눔
출판등록   제 2018-000288호
주   소   경기 고양시 덕양구 청초로 66, 덕은리버워크 B동 1708호, 1709호
전   화   02-325-5100
팩   스   02-325-5101
홈페이지   www. 생각나눔.kr
이 메 일   bookmain@think-book.com

• 책값은 표지 뒷면에 표기되어 있습니다.
  ISBN 979-11-7048-742-5(03810)

정운복과 함께하는 힐링 에세이

흐르는 강물처럼
如流

생각나눔

들어가는 말

제가 사는 도시 춘천을 가로질러 유유히 흐르는 강은 북한강입니다.

이 강은 폭풍우에 시달리기도 하고 홍수에 몸살을 앓기도 하지만 평화로운 여울을 이루며 끊임없이 흘러갑니다.

모든 것을 받아들이되 배척함이 없고 민초들의 삶을 녹여내어 평안과 위안을 선사합니다.

우리네 삶도 흐르는 강물을 닮았습니다.

한시도 머물러 있지 않을뿐더러 끊임없이 변화하기 때문입니다.

그동안 틈틈이 써 온 글을 엮어서 10권째의 책으로 세상에 내어놓습니다.

어둠 속에서 길을 잃어본 적이 있나요?

앞이 보이지 않는 절망 속에서 힘든 시간을 보낸 적이 있나요?

어쩌면 어둠과 절망의 이유는 외부에 있지 아니하고 내부에 있는 것일는지 모릅니다.

이 책은 제가 살아오면서 느낀 담담한 이야기를 실었습니다.

짧은 글이지만 여러분의 인생에서 따뜻한 위로와 빛이 되었으면 좋겠습니다.

세상에서 가장 위대한 사람은 이 글을 읽는 여러분들이니까요.

2024년 여름 여여당(如如堂)에서….

| 차 례 |

제1장

숲속에선 숲을 볼 수 없습니다

제 2 장

쉽게 쓰여진 시

제3장

침묵의 미학

제 4 장

봄은 설렘입니다

제5장

과정의 행복

제6장

인생의 주인공

숲속에 들어가 있어서는 결코 숲의 모습을 볼 수 없습니다.

숲을 제대로 보려면 숲에서 나와야 합니다.

우리가 살아가는 세상에서도 자신을 제대로 볼 수 있으려면

세상이 만들어 놓은 인식의 틀 밖으로 나와야 합니다.

제1장

숲속에선
숲을 볼 수 없습니다

소유와 존재

이른 아침에 부챗살 모양으로 퍼지는 햇살의 울림
풀잎마다 송이송이 맺힌 이슬의 영롱함
코끝을 스치는 상쾌한 바람
이 모든 것은 참으로 아름다운 것이지만 하루 종일 소유할 수는 없는
것들입니다.
순간이 지나가면 그 어느 것도 나의 소유인 것은 없는 셈이지요.

많이 가진 자는 그 보유한 재산을 다 쓰지도 못하고 세상을 떠나고
가난한 자는 제 몸뚱이 하나 뉘일 집 한 채 마련하지 못하고 세상을
떠납니다.
하지만 부유한 자나 가난한 자나 죽어 화장하고 나면
한 줌 재로 동질화됩니다.

어차피 소유할 수 없다면 순간을 즐기고 자신을 비워야 합니다.
동양화는 여백이 있기에 아름다운 것이고
음악은 쉼표가 있기에 멋스러운 것입니다.
따라서 우린 여백이 있는 공간에서 살아야 합니다.

그것은 삶의 주도권이 자신에게 있다는 의미도 됩니다.
여백의 미를 아는 사람은 물욕에 휘둘리지 않기 때문입니다.

여백이 있어야 공간을 빛으로 채울 수 있습니다.

빈 곳이 강조될수록 작은 것들이 빛나게 됩니다.
너저분한 것으로 꽉 차있는 방 안에선 그 안에 소속된 물건들이 존재
감이 없지만
텅 빈 곳이라면 놓여있는 책 한 권, 찻잔 하나가 큰 의미가 됩니다.

물리적인 공간의 여백도 중요하지만
살아가는 데는 심리적 여백이 중요합니다.
마음을 비우고 마음속에 의미 있는 것들이 얼마나 잘 놓여있는지
조용히 자신을 돌아볼 수 있어야 합니다.

소유형 인간으로 살아갈 것인지
존재형 인간으로 살아갈 것인지에 관한 결정은 자신이 하는 것이지만
소유형보다는 존재형이 행복에 더 가까워 보입니다.

사람을 줄이면 삶이 되고 삶은 즉 사랑하는 것입니다.
그러나 사람은 결코 사랑을 가질 수 없습니다.
그것은 소유할 수 없는 추상적인 개념이기 때문입니다.
실제로 존재하는 것은 사랑의 행위뿐이지요.
따라서 진실로 사랑한다면 소유하려고 하지 말고 존재의 기쁨을 함
께 누릴 수 있어야 합니다.

소유보다 존재 위에 놓인 행복의 크기가 더 큰 것이니까요.

달팽이 걸음

뙤약볕 아래서 열심히 기어가는 민달팽이 옆으로
거대한 거북이 한 마리가 지나갑니다.
달팽이가 이야기하지요.
무슨 바쁜 일이 있어 그리 빛의 속도로 달려가느냐고….

민달팽이는 한 시간에 약 30㎝를 이동하고
거대 거북이는 종류에 따라 다르긴 하지만 약 10m를 이동한다고 합
니다.
인간의 눈으로 보면 도토리 키 재기지만
민달팽이의 처지에서 보면 거북이의 엄청난 속도에 놀랄 만도 하지요.

텃밭을 가꾸면 종종 밭에 들르게 됩니다.
호박밭에 가면 풀 사이를 헤집으며 보물 놀이를 해야 합니다.
적당한 크기 때 발견하면 채소로 식탁에 오르지만
발견되지 않는 호박은 늙은 호박이 되어 겨울을 기약합니다.
이 텃밭이야말로 느림의 미학을 학습하는 좋은 공간입니다.
씨앗을 뿌려 싹이 뾰족이 올라올 때만 해도
언제 커서 수확하나 상상하기가 쉽지 않습니다.
하지만 어느 하루도 거르지 않고 끊임없이 성장하는 작물은
수고로움을 배반하지 않고 먹거리를 제공해 줍니다.

매일매일 조금씩의 속도가 이루어 놓은 결과이지요.

우리나라에서 제일 처음 개통한 기차는 경인선입니다.
그 당시에는 시속 20km가 최고 속도였지요.
월남 최남선 선생님은 기차를 시승하고 그 소회를 이렇게 남깁니다.
"기차가 마치 새처럼 난다."

요즘 시속 20km는 민달팽이 수준으로 이해되는 사회가 되었습니다.
고속도로에 올라서면 속도 중독증에 걸린 사람들을 심심치 않게 보
게 됩니다.
문제는 물리적 속도 중독증이
실생활에서 빨리빨리 증후군으로 다가온다는 데에 있습니다.

느린 속도로 보이지만 민달팽이는 조물주가 만들어 준 능력 안에서
최고의 노력을 기울이고 있다는 것을 알아야 합니다.
사람마다 능력의 차이는 존재하게 마련입니다.
느리다는 것이 큰 미덕은 아닐지라도
적어도 비난받거나 잘못된 행동으로 해석되는 일은 없었으면 하는 생
각이 듭니다.

흐르는 강물처럼 如流

남의 떡

아이는 어른이 되고 싶어 하고
어른은 아이가 되고 싶어 합니다.
내가 가지지 못한 것이 더 커 보이기 때문입니다.

아이는 언젠가는 어른이 되겠지만
어른은 결코 아이가 될 수 없습니다.
그러니 어쩌면 될 수 없는 것에 대한 갈망이 더 큰 것이 사실일 겁니다.

급한 일로 택시를 기다리면 택시는 반대편에서만 나타납니다.
길을 건너 택시를 기다리면 원래 있던 쪽에서 빈 택시가 나타납니다.
나만 매번 허탕을 치는 느낌을 지울 수 없습니다.
이 모든 것은 상대적인 관념의 차이에서 시작됩니다.

가진 것과 못 가진 것의 기준은 사람마다 다릅니다.
가지지 못했다고 하는 것은 평등하지 못한 조건에 의하여
불평등한 상황에 놓여있다는 것이지 소유의 현실과는 거리가 있어 보
입니다.
그러니 남의 떡이 더 커 보이는 것이고
남의 집 잔디가 더 푸르러 보이는 것입니다.

남이 갖고 있는 것은 남의 것일 뿐입니다.

남에게 찾아온 행운 또한 그의 것이지 내 것이 아닙니다.

하지만 사람들은 남의 잘됨을 보고 왜 그런 행운이

나에게 찾아오지 않는지 불행해합니다.

내가 갖고 있는 것, 나에게 주어진 것만이 내 것입니다.

어찌 보면 내가 갖고 있는 것도 이 세상 살 동안에 잠시 빌려 쓰는 것
이지요.

남을 인정하고, 내가 가진 것에 감사하며

더불어 살아가는 삶 속에 참다운 행복이 있습니다.

남의 떡이 더 커 보이는 것의 원초적인 기저엔 욕심이 깔려있습니다.

욕심으로 행복을 건져낸다면 세상이 얼마나 혼란스러울까를 생각합
니다.

남을 바라보기에 앞서 자신이 가진 것에 대한 감사의 염(念)을 가질
필요가 있습니다.

행복이란 주어진 조건이 아니라 만들어지는 해석이기 때문입니다.

흐르는 강물처럼 如流

· · · ·
사격(砂格)

남태평양의 작은 섬 피지에는 삼벤또산이 있습니다.

그 산은 피지의 어느 곳에서나 볼 수 있는데

잠자는 거인이 포식하고 난 후 누워 자는 모습을 닮았다고 합니다.

피지 원주민의 몸집은 매우 큰 편입니다.

몸집이 큰 만큼 많이 먹을뿐더러 행동이 굼뜨고 그것이 더 뚱뚱하게

만드는 악순환을 겪고 있습니다.

문제는 누워 잠자는 배불뚝이 거인 모양의 산을 보고

'우린 저 정도는 아니다.'라는 위로를 갖게 되고

그것이 비만의 원인이 된다는 것이지요.

제가 6년을 근무했던 철원도 평야의 끝자락

노년기 지형의 야트막한 산의 모양이

부처님이 편하게 누워있는 모습을 닮아있었습니다.

그 마을 사람들이 아기자기한 고운 심성을 갖고 오순도순 살아가는

모습은

마치 부드러운 산의 곡선에 맞추어진 부처님의 미소 덕이 아닐까 하

는 생각을 합니다.

사람에는 인격이 있듯이 산에도 품격이 있습니다.

이것을 풍수지리에서는 사격(砂格)이라고 표현하지요.
산이 험상궂거나 주름이 많거나 암석이 많이 드러나거나
산사태 등으로 돌무더기가 많은 곳은 사격이 좋지 않은 곳입니다.

산의 모양이 수려하고, 정감이 있으며 따뜻하게 다가오고
주변의 산들이 감싸 안듯이 만들어진 지형은 사격이 좋은 곳입니다.
그래서 옛사람은 "상산역이상인(相山亦以相人)"이라 했습니다.
즉 산을 보는 것은 사람의 관상을 보는 것과 같다는 이야기지요.

우리나라 학교의 교가를 보면 산이 들어가지 않는 경우가 드뭅니다.
이는 산의 정기를 받고자 하는 염원이 함께 들어있기 때문이지요.
사람은 나이가 들수록 산에 들어와 살아야 편안함을 느낍니다.
이는 산의 기운이 심신을 편안하게 해주기 때문입니다.

여수에 가면 바다를 향한 절벽 위에 향일암이라는 암자가 있습니다.
앞바다는 잔잔하여 호수를 연상케 하고
뒷산은 영험한 산신을 닮은 바위가 있습니다.
우린 그런 곳에 서있기만 해도 편안함을 느낍니다.

사람은 자연 속에 살아야 치유가 됩니다.
중은 도를 닦으러 산으로 가지만
사람은 자신을 닦으러 산으로 갑니다.
결국 인품이나 도는 산을 닮아가는 동질성을 갖고 있는 셈이지요.

흐르는 강물처럼 如流

"광풍제월(光風霽月)"이라는 말씀이 있습니다.
"비가 갠 뒤에 맑게 부는 바람과 밝은 달"이라는 의미로
마음이 넓고 쾌활하여 아무 거리낌이 없는 인품을 뜻하지요.

그러니 청산을 닮고 싶습니다.

· · · ·
내 인생에 가을이 오면

아무도 찾지 않는 외진 산기슭
도토리나무, 팽나무, 층층나무, 오리나무…. 산에 들어있는 온갖 생명에게
가을은 소리 없이 옵니다.

한적한 길에서 가끔 오가는 차량에 온몸을 떨며 손을 흔드는
가녀린 코스모스와
여름 햇살을 간직하고 붉게 물들어 가는 산수유 열매에
가을은 소리 없이 옵니다.

1년 농사를 정산하는 농부의 바쁜 손길
해거름에 수확물을 한 아름 안고 함박웃음을 짓는 농부에게도

가을은 소리 없이 옵니다.

지천명(知天命)의 나이가 된 지금
내 인생에도 소리 없이 가을이 오고 있음을 느낍니다.
지천명이란 하늘의 명을 알았다는 의미인데
나이의 숫자만 늘어나고 몸집만 커진 아이처럼
아직도 미성숙한 사고와 후회할 행동이 많은 자신을 봅니다.

해가 나날이 짧아져 가는 것을 보니 가을이 깊어져 감이 느껴집니다.
밤이면 귀뚜라미가 그리움을 노래하고
지겨웠던 햇살이 정겨움으로 다가오고
지난해 넣어두었던 두꺼운 이불을 찾게 되니 말입니다.
"무감어수 감어인(無鑑於水 鑑於人)"이라는 말씀이 있습니다.
"얼굴을 물에 비추어 보지 말고 사람에게 비추어 보라." 이런 의미를
담고 있는 말씀이지요.
즉 얼굴을 가꾸기보다는 사람에게 누가 되지 않는 진실한 삶을 살아
가라는 의미일 것입니다.

가을입니다.
진한 단풍잎 사이로 마음이 먼저 물드는 것은
아마도 인생의 가을이 더 진하게 다가오는 까닭일 겁니다.

흐르는 강물처럼 如流

각자무치(角者無齒)

굼벵이도 구르는 재주가 있습니다.
우리는 저마다의 능력 속에서 살아가게 마련이지요.

한자 성어에 "각자무치(角者無齒)"라는 말씀이 있습니다.
직역하면 "뿔이 있는 동물은 이가 없다."라는 말씀이지만
이는 날카로운 뿔이 있는 동물은 날카로운 이빨이 없다는 뜻입니다.
즉 '조물주는 피조물에게 두 가지 이상의 재주를 내려주지 않는다.'라
는 의미로 해석됩니다.

비슷한 말로 "칠자불화(漆者不畵)"란 말씀도 있지요.
산에 있는 나무 중에서 피부에 알레르기를 일으키는 으뜸은 옻나무
입니다.
그 옻나무 진액은 도료로 사용되는데 검붉은 색을 띠고 윤이 납니다.
칠흑 같은 어둠, 나전칠기 등등의 칠자가 모두 옻칠을 뜻합니다.
옻나무를 칠하는 것과 그림을 그리는 것은 모두 매우 정교한 작업이고
또한 그 분야의 오랜 경험과 재능이 필요합니다.
따라서 옻칠을 잘하기 위하여 한 가지에만 매진한다는 이야기여서
"옻칠하는 사람은 그림을 그리지 않는다."라는 의미가 칠자불화에 담
겨있는 것입니다.

또 "우수화원 좌수화방 이양불성(右手畵圓 左手畵方 而兩不成)"이란 말씀도 있습니다.

오른손으로 원을 그리면서 동시에 왼손으로 사각형을 그린다면
결국 두 가지 모두를 할 수 없다는 말씀이지요.

밭에 가면 농사를 잘 짓는 사람이 부럽고
공사판에서는 등짐을 잘 지거나 미장일을 잘하는 사람이 부럽고
공연장에서는 노래를 잘하거나 악기를 잘 다루는 사람이 부럽고
운동장에 나가면 운동신경이 좋은 사람이 부럽습니다.

문제는 부러움으로 끝을 맺는 것이 아니라
일부 기능이 떨어지는 사람을 무시하거나 업신여기기 쉽다는 데 있습니다.

아무렇게나 생긴 돌을 짜 맞추어 쌓은 담이 오래갑니다.
세상은 각각 다른 재능을 가진 사람들이 모여 오묘한 조화를 이룰 때 가장 멋스러운 법이지요.
그러니 남의 단점을 찾기 이전에 장점을 찾아볼 수 있는 노력을 해야 하는 것이고
일부 재능이 부족하다고 해서 사람을 함부로 대해서는 안 되는 것입니다.
모든 사람에게 진솔하고 진중하게 다가가는 사람이 인품의 향기를 날리는 법이니까요.

．．．．

영혼이 맑은 사람

성장을 이룬 나무를 보고 아름답다고 여기지 않고 목재나 돈으로 보이는 사람

삼림이 우거진 오솔길을 걸으면서 숲의 아름다움에 취하지 못하고 땅값을 계산하는 사람

사람을 보더라도 좋은 점을 보기보다는 단점을 들추어내기 좋아하는 사람은 숨 쉬며 살아있으되 영혼이 죽어있는 사람입니다.

세상에서 정말 중요한 것은 눈에 보이지 않습니다.

대부분 종교의 절대자들이 그러하고 모든 생명에 깃들어 있는 영혼이 그러합니다.

끝까지 믿어주는 믿음이 그러하고 세상 무엇 하고도 바꿀 수 없는 부모님의 사랑이 그러합니다.

그런 보이지 않는 마음을 느낄 수 없다면 걸어 다닐 수 있으되 영혼은 죽어있는 사람입니다.

가을이 깊어져 갑니다.

교정에 잘 자란 국화가 한껏 꽃망울을 부풀려 가을을 맞이할 준비를 하고 있습니다.

국화는 같은 모양을 하고 있을지라도

자세히 보면 그 모습과 향이 같은 것은 하나도 없습니다.

비단 꽃만 그러한 것이 아닙니다. 세상의 모든 것이 그러하지요.
심지어 공장에서 대량생산으로 찍어낸 제품이라고 하더라도
내 손때가 묻은 것에는 또 다른 의미가 생기니 말입니다.
그러한 작은 차이를 통해 행복을 느낄 수 없다면 몸은 살아있으되 영
혼은 죽어있는 사람입니다.
세상에서 참으로 아름다운 것이나 가슴이 따뜻해지는 것들은
윤리적 판단이나 도덕적 잣대로 가늠할 수 없는 것들이 많습니다.
또한 아예 그런 가치를 갖고 있지 않은 것들도 많지요.
있는 그대로 순수함으로 무장하고 사물을 바라볼 때
영혼이 맑은 사람이 될 수 있습니다.

'영혼이 맑다.'라고 하는 것은 세상에 오염되지 않았다는 것을 의미하고
마음이 따뜻하다는 것을 의미하는 참 좋은 표현입니다.

....

덕승미

그리스 델피 신전 입구에는 두 개의 경구가 새겨져 있습니다.

"Know yourself"와 "Nothing in excess"이지요.

첫 번째 문장은 "너 자신을 알라"고 두 번째 문장은 "진실은 어떤 것도 지나치지 않는다."입니다.

즉 진실을 알려면 확실히 알아야 한다는 것이지요.

인류는 너 자신을 알라에 충실한 나머지 유전자 해독에 완성 단계를 보입니다.

이제는 유전자를 설계하여 만들어 내는 주문형 인간이 나타날 수도 있는 시대가 된 것이지요.

'박태환의 신체에 아인슈타인 두뇌, 장동건의 외모', 이 모두를 만족할 만한

아기를 맞춤식으로 생산하여 집으로 배달하는 시대가 도래할 수도 있다는 이야기가 됩니다.

1997년에 만들어진 미국 영화 「가타카」는 이런 내용을 다룹니다.

유전공학의 발달로 태어날 때 질병 및 불량 DNA를 제거하고

완벽한 DNA의 조합으로 인간을 만들어 낼 수 있는 기술이 개발되고 나서 인류의 출산은 두 가지로 나뉘게 됩니다.

하나는 전통적인 산모의 자궁을 통해 태어난 자연산과
다른 하나는 정자와 난자를 추출하여 완벽한 DNA로 시험관에서
인공적 양식을 통해 태어난 아이들이지요.

선천적 신체 조건과 정신적 장애가 없는 시험관 출신 아이들은
사회의 엘리트로 성장하게 되고
자연산 아이들은 사회에서 하층민으로 전락한다는 기본 구도로 영화
는 시작됩니다.
영화는 DNA로 결정된 미래의 사회에서 자연산 빈센트라는 청년이
그 벽을 넘는 과정을 드라마틱하게 그려내고 있습니다.

2009년에 만들어진 미국 영화 「My sisters keeper」에서도 맞춤형 인간
을 다루고 있습니다.
보통 사람들은 태어나지만, 주인공 안나는 언니의 병을 치료할 목적으로
만들어진 맞춤형 인간으로 태어나 제대혈 백혈구 골수 줄기세포 등등
모든 것을 언니에게 주고 서서히 시들어 갑니다.
이 영화엔 주인공 안나가 몸의 권리를 찾기 위해 노력하는 과정이 그
려져 있습니다.

과학의 발달로 인간과 신의 경계가 모호해지고 있습니다.
홈페이지에 아이의 조건을 입력하면 인종과 혈통을 넘어 원하는 대로
인간을 만들어 배달하는 서비스가 생기지 않는다는 보장도 없지요.

머리는 반곱슬에 금발, 성별은 여성, 눈은 쌍꺼풀이 깊게 패고

흐르는 강물처럼 如流

볼에는 보조개가 있으며 콧날은 오뚝하고, 눈은 에메랄드빛이며
피부는 다갈색에 키는 178센티까지 성장할 수 있고….
이런 조건을 다 맞춘 완벽한 아기들

요즘 미인 대회를 보면 대부분 비슷하게 생긴 사람들이 특별한 개성
없이 죽 나열된 것 같은 느낌을 받습니다.
과학과 의학의 힘을 빌려 생김새를 조절할 수 있는 요즘의 세태는
몰개성의 시대임에는 틀림이 없어 보입니다.
아름다움에 대한 선망은 인간의 본능적 욕구라도 하더라도
미승덕(美勝德)보다는 덕승미(德勝美)의 아름다움도 잊지 않았으면 하
는 바람이 듭니다.
   *덕승미(德勝美): 외모보다는 덕스러움이 좋음

존중과 배려

요즘 학교를 들여다보면 아이는 성적, 부모는 사교육비, 교사는 떨어진 교권 때문에 불행하다고 합니다.

물론 우리 사회의 어두운 부분만 부각해 강조한 면이 없진 않지만 대부분은 부정하기 어려운 우리의 현실이기도 합니다.

어느 사회, 어느 집단이건 부적응하는 개인이 있기 마련입니다.

문제는 그들을 보듬어 같이 가는 것이 아름다움인 줄은 알면서도 비난과 무시로, 때론 무관심으로 대하는 경우가 많다는 것입니다.

문제를 일으키는 아이의 부모를 호출하면 공통으로 하는 말씀이 있습니다.

"우리 아이는 괜찮은데 친구를 잘못 만나서…."

실은 그 집 아이가 다른 친구들에게 더 심한 악영향을 끼치고 있는데도 말이지요.

경험상 문제아 뒤에는 문제 부모가 있습니다.

아이는 부모의 거울이라는 말도 있으니 말입니다.

남이야 어떻게 되든 말든 내 자식만 잘된다면 된다는 식의 양육 태도는 더불어 사는 민주사회에서 소외를 부추길 수 있습니다.

요즈음 부모는 자식이 남에게 지는 꼴을 보지 못합니다.

그러니 태어나기 전부터 태교에 유난을 떨고

학원 뺑뺑이로 심신을 지치게 하고 인격을 기를 기회를 박탈합니다.

또한 자식을 독립된 인격체로 보기보다 우리 가문을 빛낼 사람,

내가 못다 이룬 꿈을 실현해 줄 사람으로 보는 경향이 있으니, 아이들의 설 자리는 점점 없어집니다.

아이가 길을 걷다가 돌부리에 걸려 넘어지면

스스로 걸음걸이를 조심하도록 가르쳐야 하고, 스스로 일어나도록 지도해야 합니다.

돌을 보고 "이 나쁜 돌, 떼찌 떼찌!" 하고 돌을 원망하고, 넘어지기 무섭게 일으켜 세워주는 것은

남에게 책임을 돌리고 자립심의 싹을 잘라내는 행위인 것을 알아야 합니다.

밥을 먹을 수 있도록 가르쳐 주는 게 아니라 밥을 먹여 주면서 키우는 아이.

해서 될 일과 하면 안 되는 일을 구분하기보다는 아이가 하자는 대로 다 해주며 키우는 아이는

상대방을 존중하고 배려하는 습관을 학습할 기회를 잃습니다.

또한 사랑이 지나치는 것도 문제이지만

지나치게 무관심하거나 폭력이나 폭언에 시달리는 것도 문제입니다.

사랑도 그러하지만, 폭력은 대물림의 가능성이 높습니다.

충분히 사랑을 받은 사람이 사랑을 베풀 수도 있는 것입니다.

주변에 문제아가 있다면 그 아이만 보지 말고
아이의 주변을 잘 살펴야 합니다.
사회적 지위나 빈부의 차이도 있겠지만
그것과는 별개로 사랑 결핍이 문제가 되는 경우가 많으니까요.

· · · ·

염 전

태어나 처음으로 서해안의 조그만 섬에 여행 간 적이 있습니다.
자동차가 들어가지 못하고
고즈넉한 마을에 20여 가구가 옹기종기 모여 사는 곳
초등학교 하나에 우물 하나, 해수욕장 하나에 너른 갯벌 하나
남북으로 걸어서 10분, 동서로 한 시간 거리의 작은 섬에서
젊은 날의 추억을 쌓을 기회가 있었습니다.

섬의 한가운데 염전이 있습니다.
밀물 때 바닷물을 퍼 올려 짭조름한 해풍에 잘 말리면
25일 뒤에 하얀 소금이 만들어집니다.

염전은 천 평 남짓으로 조그마했지만
위쪽은 맑은 바닷물에서 아래쪽으로 갈수록 탁해져
나중에 소금 결정이 나타나는 과정이 자못 신기하였습니다.

소금 농부를 도와 넉가래로 소금을 긁어모아
평삽으로 외발 리어카에 담아
소금 창고로 운반하는 일은 그리 녹록지 않았습니다.
뙤약볕 아래서 땀을 흘리면서 소금 한 알이 탄생하는 데 드는 수고로
움을 생각하니
조그만 것 하나라도 가볍게 여길 것이 아니란 생각이 들었습니다.

소금은 알이 굵고 균일한 것을 상품(上品)으로 칩니다.
또한 소금에 바다 내음과 햇살의 여운이 들어 있어야 깊은 맛을 내지요.
만약에 날이 좋지 않거나 바람이 심하게 불면
건조에 시간이 오래 걸리거나 입자가 고르지 않게 되고
결과적으로 맛이 쓰고 질 낮은 소금이 됩니다.

소금은 작열하는 태양의 고통 속에서 가장 향기로워집니다.
고난을 이기고 이룬 성취의 역사가 가장 멋진 것처럼 말이지요.

· · · ·
가을엔 전시회를

산수유가 붉고, 낙엽이 뒹구는 것을 보니 가을입니다.
새벽에 싸리비질 소리에 잠이 깬 적이 있습니다.
창을 열어 청량한 가을바람을 한 아름 들여놓고
아침 햇살에 빛나는 달리아와 칸나, 키 작은 국화들과 차례대로 눈
맞춤을 하고 나면
상큼한 자연 앞에 몸과 마음도 부쩍 커진 느낌을 받곤 했습니다.
물론 지금은 싸리비질 소리를 들을 수 없음이 슬프긴 하지요.
싸리비가 없어도 계절은 어김없이 다가오고
산야에 구절초와 쑥부쟁이가 다투어 가을을 노래합니다.
야생화는 저마다 자기다운 꽃을 피워 올리고 있습니다.
그들은 모방하거나 상대방을 닮아가려는 노력을 하지 않습니다.
그래서 있는 존재 그대로의 아름다움이 발산되는 것이지요.

우리의 삶도 모방이 아닙니다.
세상에 존재하는 삶은 유일무이한 것이니까요.
지구상에 70억 남짓 되는 인간 군상들이 살아가지만
똑같은 사람은 단 한 사람도 없습니다.
그 존재의 희귀성이 사람을 귀하게 합니다.

부모님이 나를 낳아주신 것만큼은 부정할 수 없는 사실이지만

흐르는 강물처럼 如流

단 1분 1초라도 내 삶을 대신 살아줄 수는 없습니다.
그 누구도 나를 대신할 수는 없으니
싫든 좋든 내 인생은 내가 가꾸어 가야 하는 것입니다.
인생을 가꾸어 가는 좋은 방법의 하나는 예술을 사랑하고
그 작품 속에 침잠해 보는 것입니다.

미술계의 거장 폴 세잔은 이런 말을 남깁니다.
"회화 예술은 자연의 모방이 아니라 자연에 주석을 달고 해석하는 일
이다."
가을엔 각종 전시회가 풍부하게 열립니다.
시간을 내어 시 한 편, 수필 한 편, 그림 하나, 서예 한 점이라도 넉넉
한 마음으로 감상할 수 있었으면 좋겠습니다.

그 작품이 모방에서 기인하였든 새로운 창작물이든
예술이 우리의 삶을 풍요롭게 하고 아름답게 하고 행복하게 하니까요.

정신적 독극물

고대 로마인들은 포도주에 납 화합물을 넣으면
맛이 순해지고 오래 보관할 수 있다고 믿었습니다.
그리하여 유독성 납을 포도주에 섞어 마셨습니다.
공식적 기록은 남아있지 않지만 아마도 이렇게 섭취한 납으로 인하여
로마인들은 원인 모를 질병에 시달렸을 가능성이 높습니다.

중국을 최초로 통일한 진시황은 좋은 세월을 두고 죽을 수 없었습니다.
그리하여 불로초를 구하려고 동분서주했지요.
진시황의 어의들은 영생불멸의 물질로 수은을 사용합니다.
수은은 소량 섭취 시에 일시적으로 피부가 팽팽해지기 때문에
불로장생의 약재라고 믿었기 때문이지요.
그 결과 수은 중독으로 코가 썩고 정신병이 생겨
불로장생을 꿈꾸다 오히려 순행 중에 병으로 죽고 말았습니다.
어쩌면 모르고 사용한 것은 애교스러울 수 있습니다.
하루가 멀다고 불량먹거리들이 매스컴을 탑니다.
독극물 개고기, 표백 닭발, 살인 만두, 카드뮴 오염 쌀,
농약 콩나물, 방사능 물고기….
손쉬운 돈벌이 수단으로 남의 건강과 생명을 담보로 위험한 장난을
하는 사례도 많습니다.

흐르는 강물처럼 如流

요즘은 과학의 발전으로 물질적 독극물은 상당히 줄어든 것이 사실입니다.

몸에 좋지 않은 물질의 사용을 규제하고

좋은 것들을 먹거리로 삼고자 하는 노력이 성과를 거두었기 때문입니다.

하지만 물질 만능 앞에 정신적으로 우수한 문화가 와해되어

정신적 독극물이 이 시대를 좀먹고 있음을 부정할 수 없습니다.

어른 공경 문화와 이웃사랑 문화의 실종, 자기만 아는 개인주의의 만연,

황금만능주의의 팽배, 계층과 세대 간의 불화, 가정의 붕괴 등등은 이 시대에 정신적 독극물이 얼마나 위험한 것인지 단적으로 보여줍니다.

무신불립

한 시간을 걸어 화전 밭에 가시던 부모님은
남겨진 우리에게 늘 하시던 말씀이 있었습니다.
"집 잘 보고 있거라."
초가집에 싸리나무로 얼기설기 울타리를 만들고
흔한 나무 대문 하나 없이 늘 개방된 구조로 되어있던 집이 걱정될 만
도 했을 것입니다.
가난한 집 안에 도둑이 들어도 훔쳐 갈 변변한 물건이 없었음에도
우리는 집을 항상 보고 있어야 하는 대상으로 인식하고 살았습니다.
어찌 보면 부모님의 집 잘 보라는 의미 속에는
혹시 지나가는 길손이 들러 물 한 모금 청하더라도
성심성의껏 대접해 보내라는 배려의 속내가 함께 들어있는 것인지도
모릅니다.

새집으로 이사하고 나니 단지에서 가장 신경 쓴 흔적은 보안인 것 같
습니다.
차량번호 인식 시스템으로 일일이 차량의 진·출입을 기록하고
곳곳에 CCTV가 눈알을 부라리고 있으며
공동 현관을 두어 외부인의 출입을 금하고
현관에도 첨단 잠금장치를 달아 철저히 보안을 합니다.
어쩌면 옛날보다 지켜야 할 것들이 더 많이 늘어서인지도 모릅니다.

흐르는 강물처럼 如流

요즘은 "집 잘 보고 있거라."라고 이야기할 대상도 흔하지 않지만

기계장치에 의존한 보안성 때문에 그럴 필요성도 느끼지 못합니다.

내 것과 남의 것 경계가 모호한 시절이 있었습니다.

품앗이와 마을 공동 경작으로 내 밭이 아니더라도 커가는 작물에 대한 애정이 있었고

어스름 저녁 남의 집 닭장 문이 열려있으면 기꺼이 닫아주던 시절이 있었습니다.

그때에는 불신으로 인한 시간과 돈의 낭비가 없었지요.

많이 가질수록 지켜야 할 것들이 늘어나게 됩니다.

그러니 이웃을 삶의 공동체가 아니라 내 것을 염탐하거나 빼앗아 가려는 대상으로 인식하기 쉽습니다.

신문을 폅니다.

세상엔 불신 때문에 천문학적인 돈을 쏟아붓고도 안심하지 못하는 일이 너무나 많습니다.

수능만 해도 그렇습니다.

출제자는 문제 유출을 염려하여 근 한 달 반 동안 감금 생활을 합니다.

문제지를 이송할 때는 경찰관이 동원되고

문제지를 지키기 위하여 사설 경비업체가 뜬눈으로 밤을 새웁니다.

부정 방지를 위하여 3명이 한 교실에 들어가 많은 감독비용이 발생하기도 합니다.

만약 믿음이 전제된다면 비용의 1/2만 지불하고도

모든 일을 잘해낼 수 있을 텐데 말입니다.

우린 불신에서 오는 경제적 낭비와 믿음에서 오는 경제적 이익을 생각할 수 있어야 합니다.

무신불립(無信不立)이라고 했습니다.

믿음이 없으면 사회나 개인 모두가 올바르게 설 수 없으니까요.

. . . .

도덕론

노자는 道와 德을 이야기합니다.

즉 노자라는 책은 도경과 덕경으로 나뉘어 있지요.

도(道)는 개인에 근거하고 있지만

덕(德)은 관계에 근거하고 있습니다.

수행자는 토굴에서 혼자 도를 닦을 수는 있지만

누구든 혼자 있는 공간에서 덕을 베풀 수는 없습니다.

道는 길입니다.

어쩌면 물리적인 길보다도 시간 속에 펼쳐지는 인생길이나

목표에 도달하는 수단이나 방법을 의미하는 용어로도 사용됩니다.

德은 도를 깨치고 이를 반복해 실천하는 것이지요.

혹자는 노자의 일부 판본에 덕경이 도경 앞에 위치하니 도덕이라고 할 것이 아니라 덕도라고 해야 옳다고 주장하기도 합니다.

하지만 도를 먼저 깨우친 후에 덕을 실천해야 합니다.

개인을 먼저 닦은 후에 남에게 미루어 나갈 수 있으니

덕도보다는 도덕이라고 하는 것이 옳습니다.

매 순간 어려움에 부닥칠 때 물을 수 있는 것은 道입니다.

德은 묻는다는 개념보다는 베푼다는 개념에 가까운 것이지요.

결론은 양심입니다.

"도는 양심의 명령이고 덕은 양심의 실천입니다."

관계의 철학

맹자의 『진심장』에는 다음과 같은 말씀이 나옵니다.

　　"산속의 오솔길은 사람들이 자주 다니면 큰길이 되지만

　　잘 이용하지 않으면 잡초가 우거져 결국 길이 없어지고 만다."

　　(山徑之蹊間, 介然用之而成路, 爲間不用, 則茅塞之矣)

또 『삼국지연의』에는 이런 말씀도 있습니다.

　　"봉산개도, 우수가교(逢山開道, 遇水架橋)"

　　산을 만나면 길을 만들고 물을 만나면 다리를 놓는다.

첫 번째 말씀은 관계의 지속성을 강조한 것이고

두 번째 말씀은 각종 어려움을 헤치고 소통에 힘써야

관계가 지속될 수 있다는 것을 강조한 말씀입니다.

사회의 변화는 인간관계 변천의 역사라고 해도 과언이 아닙니다.

인간은 관계이며, 소통은 성장입니다.

긍정적 관계는 사람을 성장시키지만, 부정적 관계는 사람을 퇴락시킵니다.

일을 잘하는 것은 성취감을 느낄 수 있게 해주지만

소속감과 안정감 사랑과 존경은 관계를 통해서만 느낄 수 있는 것들입니다.

글 속에 갇힌 철학이나 사상은 의미가 없습니다.

글 속에서 나와 우리의 삶 속에서 구체화하고 구현될 수 있을 때

진정한 의미가 있는 것이지요.

그러니 인간관계에 과감히 투자해야 합니다.

겸손하고 공손하고, 경청하고 반응하는 것이 중요하고

남에게 호감을 주는 행동으로 관계를 매끄럽게 유지하려고 노력하는

것이 중요합니다.

세상의 모든 질서는 관계를 중심으로 움직이는 것이니까요.

. . . .

기대와 실망 사이

몇 해 전 학교 농장에 고구마를 심은 적이 있습니다.
봄 가뭄을 잘 견디고 쑥쑥 자라 땅이 보이지 않도록 자라난 것을 보고
수확 이전에 성장의 기쁨을 느꼈습니다.

8월이 되었습니다.
아직 밑이 채 들기도 전에 멧돼지 가족의 방문이 있었습니다.
온통 뿌리를 헤집어 놓고 다른 농작물도 쓰러뜨려 놓고
온 밭이 전쟁터를 방불케 하였습니다.

공존이나 환경이라는 생각 이전에 화가 치밀어 오르고
정이 떨어져 근 한 달 동안 밭에 나가보지 않았습니다.
그러던 9월 어느 날 밭에 들렀습니다.

Surprise! 놀랄만한 일이 일어난 것이지요.
다 죽었다고 생각한 고구마가 줄기의 실뿌리를 기반으로 쑥쑥 자라고
있는 것이었습니다.
멧돼지 방문 이전보다 훨씬 실하게 자란 줄기를 보니
적잖이 위로가 되었습니다.

그해 10월 부푼 마음으로 호미 들고 고구마밭에 섰습니다.

흐르는 강물처럼 如流

고구마는 원 뿌리에서만 열리지 줄기 중간중간 뻗어난 실뿌리에서는
절대 열리지 않는다는 사실을 한 고랑을 다 파고야 알았습니다.
그해 수확은 손가락만 한 고구마 두 개가 전부였지요.

기대와 환상은 누구에게나 있는 것입니다.
그런데 기대치가 높을수록 나타난 결과에 대한 실망 또한 커질 수밖
에 없는 것도 사실입니다.

우린 서로 다른 눈높이를 가지고 살아갑니다.
그러니 기대에 미치지 못하면 실망하게 되고 상대의 자존심에 상처를
내게 됩니다.
어찌 보면 고구마 수확을 많이 기대했던 갈망에
헛된 수확이 실망으로 다가왔는지도 모릅니다.
덜어냄으로 완성되는 가을 들녘을 보며
기대치를 낮추어 가면 행복에 좀 더 가까워질 수 있다는 평범을 배웁
니다.

· · · ·
숲속에선 숲을 볼 수 없습니다

조나단 리빙스턴 시걸은 하루하루 먹이의 노예가 되어 살아가는
평범한 삶을 거부합니다.
누구도 해보지 않은 비행 기술 습득을 통하여
보다 자유로운 영혼으로 살아가기를 희구하지요.

높이 나는 새가 멀리 봅니다.
높이는 먹이 사냥과 큰 관계가 있어 보이지 않습니다.
하지만 무리에서 좀 떨어져 다른 시각으로 세상을 바라볼 때
무리의 감추어진 참모습을 볼 수 있습니다.
어찌 보면 도(道), 깨달음, 해탈은 모두 이런 영역 밖에 존재하는 것일
는지 모릅니다.

숲속에 들어가 있어서는 결코 숲의 모습을 볼 수 없습니다.
숲을 제대로 보려면 숲에서 나와야 합니다.
우리가 살아가는 세상에서도 자신을 제대로 볼 수 있으려면
세상이 만들어 놓은 인식의 틀 밖으로 나와야 합니다.
그래야 객관적인 시각을 확보할 수 있지요.

숲을 다른 말로 표현하면 틀일 수 있고, 범주일 수 있으며
관습일 수 있고, 문화일 수 있습니다.

흐르는 강물처럼 如流

이는 익숙해진 행동양식이 낳은 결과물로서
대부분 사회의 부족민들은 아무런 비판 없이 규칙을 따르게 됩니다.
너무나 당연한 일이라 여겨 의문을 표시하는 사람이 없기 때문이지요.

사람 대부분은 그 테두리 안에서 안락함을 느낍니다.
그러니 테두리 밖으로 나가는 것은 큰 용기가 필요합니다.
정치권에서 선거 때마다 들이미는 기득권 내려놓기라는 주장도
선거가 마무리되는 순간에 끝이 납니다.
자기들이 쌓아놓은 테두리의 높이가 높은 이유도 있지만
그 속에서 안주하려는 안일함이 크기 때문입니다.

숲에서 걸어 나올 수 있어야 합니다.
사과는 매일 떨어지는 것이지만
뉴턴에게 특별하게 다가온 것은 숲에서 나왔기 때문이지요.

....

작은 씨앗

초록이 세월에 떠밀려 연갈색으로 빛나는 오후입니다.
요즘 교정엔 국화가 한창입니다.
여름 내내 국화는 아직 피어나지 않았고
그 지리한 시간 속에서 더디게 성장하여 온통 푸른 풀처럼 보일 때라도
국화는 국화라는 이름으로 불립니다.
그것은 이미 그 안에 꽃을 품고 있기 때문입니다.

사막은 연간 강수량이 250mm 이하 지역을 의미합니다.
매우 건조할뿐더러 일교차가 커 동·식물이 살아가기에는
매우 척박한 곳임에는 틀림이 없습니다.
그 죽음의 땅에도 가끔 상당량의 비가 내릴 때가 있습니다.

그러면 어디서 나왔는지
황량한 벌판이
삽시간에 아름다운 꽃밭으로 변합니다.
어찌 보면 그곳은 아무것도 살 수 없는 죽음의 땅이 아니라
씨앗을 머금고 성장의 조건이 맞추어지기만을 기다린
잠들어 있었던 땅이었던 것입니다.

꽃을 피우는 일은 긴 인내와 기다림의 결과입니다.

흐르는 강물처럼 如流

고단한 성장의 시기를 거친 기억의 발현이고
천둥과 먹구름 속에서 어둠을 깨뜨리고 일어서는 환희의 순간입니다.
그러니 아름다울 수밖에요.

낙락장송도 시작은 작은 씨앗이었습니다.
우리도 무언가가 되기 위한 작은 씨앗을 지닌 채로 세상에 태어났습
니다.
아직 발현이 안 되어 외부로 드러나지 않았을 뿐일는지 모르지요.
마치 사막에서 성장의 조건을 기다리고 있는 씨앗처럼 말이지요.

····

질긴 생명력

작은 수조에 구피와 함께 넣어둔 몇 마리의 다슬기가
새끼를 낳았습니다.
깨알만 한 다슬기가 수조 여기저기 붙어있는 것을 보면
생명의 위대함이 느껴집니다.

전혀 예상하지 않았던 것이기에 더 신기했고
조그만 수조 안의 공간에서 제한적 환경을 딛고 성공한 번식이기에
놀라움이 있었습니다.
아침 출근길
발밑에 놓인 노란 꽃 하나에 발길이 멈춰집니다.
보도블록 사이를 비집고 피어난 민들레….
잎은 거의 뜯겨 나갔는데도
악조건 속에서 예쁘고 가냘프게 피어난 노란 꽃망울을 보면서
우리의 인생 또한 힘들어도 질긴 생명력으로 아름답게 피어야 함을
느낍니다.
우리는 식물을 지배하고 다스린다고 느끼지만
어쩌면 생명의 끈질김은 식물이 동물보다 한 수 위일 수 있습니다.
동물은 조그만 상처에도 목숨을 위협받지만
식물은 밑동 채 베어져도 끈질기게 새로운 싹을 틔워 올립니다.

51 　　　　　　　　　　　흐르는 강물처럼 如流

동물은 정기적으로 먹이 활동을 하지 않으면 굶어 죽고 말지만
식물은 부족하면 부족한 대로 환경에 적응하며 살아남습니다.
태풍이 할퀴고 지나간 땅, 산불로 화마가 쓸어버린 대지에
스스로 자라고 피어나는 것은 식물이지 동물이 아닙니다.

한자 성어에 "유어탈조(遊魚脫釣)"라는 말씀이 있습니다.
헤엄치며 놀던 물고기가 낚싯바늘에서 벗어난 것을 의미하지요.
물고기가 성체로 성장하려면 수많은 낚시와 함정을 피해야 합니다.
물론 천적의 공격에도 살아남아야 하지요.

"힘 있는 자가 살아남는 것이 아니라
살아남는 자가 힘 있는 것이다."라는 말씀의 진정성을 느낍니다.
좌절하지 말고 힘을 내야 하는 큰 이유이지요.

마부작침

가을엔 땅 위의 식물을 거두는 것도 중요하지만
땅 아래의 식물을 거두는 것도 중요합니다.

참마를 캐본 적이 있는지요?
땅 아래로 1m 정도를 파야 하므로
장비의 힘을 빌리지 않고는 좀처럼 캐기 힘든 작물입니다.

뿌리 식물을 캐면서
이렇게 단단한 땅에 여리디 연한 뿌리가 뚫고 들어가
땅을 밀어내면서 성장하는 것을 보면
불가사의한 힘이 느껴지고 경외심마저 듭니다.

생명의 힘은 실로 대단한 것입니다.
끊임없이 자라는 나무뿌리가 바위를 깨뜨리니 말입니다.

당나라 때 시선(詩仙)으로 불린 이백은
서역의 무역상이었던 아버지를 따라 어린 시절을 촉(蜀)에서 보냈습니다.
이때 학문을 위해 상의산(象宜山)에 들어갔었는데
공부에 싫증이 나 산에서 내려와 돌아오는 길에
한 노파가 냇가에서 바위에 도끼를 갈고 있는 모습을 보게 되었습니다.

이상하게 생각한 이백이 물었습니다.

"지금 무엇하고 계시나요?"

"바늘을 만들려고 한단다."

"도끼로 바늘을 만든단 말씀입니까?"

노파는 가만히 이백을 쳐다보며 꾸짖듯 말하였습니다.

"얘야, 비웃을 일이 아니다. 중도에 그만두지만 않는다면
언젠가는 이 도끼로 바늘을 만들 수가 있단다."
이 말을 들은 이백은 크게 깨달은 바 있어
그 후로는 한눈팔지 않고 글공부를 열심히 하였다고 합니다.
그 노력이 결국 시선(詩仙)으로 추앙받는 결과를 낳지요.

이 이야기는 "마부작침(摩斧作針)"이라는 성어가 만들어진 배경입니다.
"우공이산(愚公移山)"이나 "수적석천(水滴石穿)"도 같은 의미이지요.
어려운 일이라도 끈기를 가지고 계속 노력하면 못 이룰 것이 없습니다.
다만 중도에서 그만두지만 않으면 말입니다.

*우공이산(愚公移山): 어리석은 사람이 산을 옮긴다.

*수적석천(水滴石穿): 점점이 떨어지는 물이 돌을 뚫는다.

마음의 장애

금세기 최대의 발명가는 토머스 에디슨인 것을 부정할 사람은 드물 것입니다.

그는 80세가 넘어서도 왕성한 발명 활동을 하였습니다.

그가 발명한 것은 축음기, 백열전구, 영사기 등 이루 헤아릴 수 없으며 특허만도 1,000개가 넘습니다.

몸이 늙어 청력이 떨어져 잘 안 들리는 가운데도 그는 실험에 몰두합니다.

주변에서 이야기하지요.

"귀가 안 들려서 연구에 불편하시겠어요."

이때 에디슨은 이런 대답을 남깁니다.

"아니요. 귀가 안 들리니 오히려 더 집중할 수 있어서 좋습니다."

『발로 쓴 내 인생의 악보』는 두 팔이 없고 한쪽 다리가 짧은 중증 장애인 레나마리아가 쓴 수기입니다.

두 팔이 없지만 그녀는 수영과 십자수, 요리와 피아노, 운전에 성가대 지휘까지

하나밖에 없는 오른발로 못 하는 것이 없습니다.

그녀가 부른 「Amazing Grace」는 감동을 넘어 전율을 느끼게 합니다.

물론 장애인을 차별하지 않고 따뜻하게 키워온 사회적 배려가

그녀를 만든 원동력일 수 있겠지만

불편함을 딛고 최선을 다해 노력한 개인 승리의 역사를 가볍게 여겨

선 안 됩니다.

어쩌면 육신의 장애보다도 더 극복하기 어려운 것이 마음의 장애일지

모릅니다.

그녀는 이렇게 이야기합니다.

"자신이 무언가를 혼자서 할 수 없으면 그때 그 사람은 장애인이지만

혼자서 할 수 있으면 그때는 더 이상 장애인이 아니다."

어떤 시각장애인은 이런 말을 남기기도 했지요.

"사람들은 보지 못하는 것 때문에 불행한 것이 아니라

다만 보지 못하는 사실을 참을 수 없어 하는 마음 때문에 불행한 것

이다."

불행이란 주어진 상황이 아니라 상황에 대한 해석입니다.

남들이 보기에 너무나 부러운 부와 권력을 가지고

따뜻하고 푹신한 침대에 진귀한 음식, 아름다운 미녀에 둘러싸여 있

다고 하더라도

그것을 유지하기 위하여 늘 스트레스를 받고 있다면

물레방앗간의 노인보다 더 행복하다고 할 수 없을 겁니다.

행복은 객관적 소유가 아니라 주관적 마음에 있는 것이니까요.

• • • •
사랑이 담긴 빵

인터넷에서 퍼온 글임을 밝힙니다.

　　"우리 동네에는 붕어빵을 파는 아저씨가 계십니다.
　　눈이 오고 바람이 불어도 그 자리에서 꿋꿋이 장사하시죠.
　　하지만 장사가 잘되는 것 같지는 않더군요.

　　하루는 붕어빵을 먹고 싶어 처음 그곳으로 붕어빵을 사러 갔습니다.
　　그런데 가격이 참 이상하더군요.
　　붕어빵 3개에 1,000원, 1개에 300원이라는 것입니다.
　　3개에 1,000이면 1개면 333원인데 한 개에 300원이라니….
　　의아한 계산법이 아닐 수 없었습니다.

　　궁금증을 이기지 못한 저는 아저씨에게 여쭈어보았습니다.
　　'아저씨, 가격이 이상해요. 많이 사는 사람에게 더 싸게 해줘야
　　하는 것 아닌가요?'
　　그러자 아저씨는 저를 물끄러미 바라보더니 말씀하셨습니다.
　　'붕어빵 하나씩 사 먹는 사람이 더 가난합니다.'
　　붕어빵 사 먹을 돈이 없어서 한 개밖에 주문할 수 없는 사람을 위해
　　한 개의 가격을 낮게 잡은 것이지요.
　　그런 배려와 사랑이 세상을 따뜻하게 합니다."
　　http://jooan.tistory.com/3780에서 발췌

흐르는 강물처럼 如流

현대인들은 참으로 바쁘게 살아갑니다.
자기 삶에 충실하여 맞벌이하게 되면
아이들에게 신경을 쓸 충분한 시간이 없습니다.
그 보상을 용돈으로 해결하려는 경우가 많지요.

하지만 아이들은 용돈이 필요한 것이 아니라
부모님의 사랑이 필요한 것입니다.
식구(食口)란 말 그대로 같은 솥의 밥을 먹는 사람들이니까요!
그러니 더불어 사는 애정과 깊이 있는 사랑이 필요한 것이지요.

늦은 시간 기숙사 감독을 하면서 사회적으로 필요한 공부라는 미명
으로
아이들을 부모님의 애정으로부터 격리해 놓은 것이나 아닌지….
걱정이 앞서는 밤입니다.

테레사 수녀님은 일찍이 이런 말씀을 남깁니다.
　　"여러분, 빵 하나가 사람을 살리는 것이 아닙니다.
　　빵 하나에 담긴 사랑이 사람을 살리는 것입니다."

쉽게 쓰여진 시는

결코 쉽게 쓰여진 것이 아닙니다.

그 시인이 시를 쓰는 경지까지 뼈를 깎는 노력이 전제되어 있어서

가능한 일이기 때문입니다.

제2장

쉽게 쓰여진 시

거인과 대인

세상에서 가장 훌륭한 사람을 성인(聖人)이라고 하고
그보다 한 단계 아래 사람을 현인(賢人)이라고 합니다.
성인이 지은 책에는 경(經)이라는 말을 붙이고
현인이 지은 책에는 전(傳)이라는 말을 붙입니다.
그것이 합쳐져 경전(經傳)을 이루지요.

세상에 태어나면서부터 성인은 없습니다.
그들도 어린아이로 세상에 태어납니다.
성장하면서 끊임없이 자신을 갈고닦고, 인격을 도야해서
다른 사람들로부터 존경받는 위치에 오르게 된 것임은 두말할 나위
가 없습니다.

얕은 물에는 큰 배를 띄울 수 없고
작은 그릇에는 큰 그릇을 포갤 수 없습니다.

작은 강에서는 조그만 목선 하나로도 좋은 결과를 얻을 수 있습니다.
하지만 작은 목선으로 큰 바다에 나가는 것은 위험천만한 일이지요.
큰 바다에서는 수천 톤이 넘는 거대한 배가 훨씬 안정적이고 유용합
니다.
하지만 거대한 배는 작은 강에 들어올 수조차 없습니다.

어쩌면 작은 하천에 살면서 큰 배를 가진 사람도
큰 배를 가진 사람이면서 작은 하천을 떠나지 못하는 사람도
모두 불행하기는 매한가지입니다.
그래서 자신의 그릇에 맞게 처신하며 살아가는 것이 중요합니다.
주머니에 늘 10만 원 정도 있는 사람이
갑자기 1,000만 원을 가지고 다니거나
주머니에 늘 1,000만 원 정도 있는 사람이
10만 원을 가지고 다닌다면
이는 행복보다는 불행에 가까울 수 있습니다.

그래서 마음의 넓이가 중요합니다.
그늘이 넓은 나무 아래엔 많은 새가 모이고
가슴이 넓은 사람에게는 많은 사람이 모입니다.

신체가 큰 사람은 거인이지만
마음이 큰 사람은 대인입니다.

흐르는 강물처럼 如流

불한당

"불한당(不汗黨)"이라는 말씀이 있습니다.
사전에는 "떼를 지어 다니며 강도질하는 무리"
또는 "남을 괴롭히는 것을 일삼는 무리"로 규정되어 있습니다.

한자로 풀이하면 불한당은
'땀을 흘리지 않는 무리'이고
'자기 노력을 하지 아니하고 결과만 바라는 무리'라는 뜻이 됩니다.

노력 없이 잘 살려고 하는 사람은 도둑과 다를 바가 없습니다.
신은 절대로 노력하지 않는 사람에게 행복을 주지 않기 때문입니다.

인간이 흘릴 수 있는 것은 눈물, 땀, 침, 콧물도 있지만
세월을 지내면서 남겨진 말과 발자취도 있습니다.
적어놓고 보니 흘리는 것 중에 땀을 빼고는 별로 아름다운 것이 없네요.

땀은 수고로움 끝에 분출되는 삶의 에너지이며
최선을 다하는 노력의 투명한 결정체입니다.

영어 속담에 "No sweet without sweat"이란 말씀이 있습니다.
"땀 없는 달콤함은 없다."라는 말씀이지요.

재미있는 것은 달콤함의 Sweet과 땀의 Sweat이 너무 흡사하다는 것입니다.

그러니 땀의 결과가 달콤함으로 다가온다고 풀이하는 것은

지나치게 견강부회한 해석일까요?

눈물 젖은 빵을 먹어보지 못한 사람과는 인생을 논하지 말라고 했습니다.

참 많은 것이 기계화되고 편리해진 시대입니다.

블루칼라의 비중이 큰 폭으로 낮아지고, 화이트칼라가 주목받는 시대이기도 하지요.

어쩌면 삶 속에서 땀이 실종된 시대에 살고 있는지도 모르겠습니다.

땀이 사라지면 정(情)도 함께 사라집니다.

땀에는 노력이라는 과정이 들어있기 때문이지요.

그리고 노력 속에는 개인적 취향도 들어있지만, 사회 문화적 공통점이 함께 들어있기 때문이기도 합니다.

땀의 의미를 소중히 여겨야 합니다.

그러면 주변의 어느 것 하나 소홀하게 대하면 안 된다는 진실을 깨달을 수 있고

더불어 상대방에게 진심으로 다가갈 수 있는 바탕을 가질 수 있기 때문입니다.

....

들리는 것이 전부는 아닙니다

옛날에 살던 시골 연립에는
옥상에 물탱크가 있었습니다.
옥상 바로 밑의 우리 집에서는 사시사철 탱크에 물 받아지는 소리가
들렸지요.

어쩌다 손님이 오면 물소리가 너무 심해서
잠을 설쳤다고 이야기하곤 했지만
정작 우리는 그 소리를 전혀 듣지 못하고 살았습니다.
꾸준히 익숙해진 소리여서 아마도 그냥 의미 없는 배경으로 작용했
을는지 모릅니다.

그러다가도 물소리에 관심을 기울이면
틀림없이 물소리가 들리곤 했습니다.
우리 귀에 들리지 않는다고 해서 아무것도 없다고 생각해서는 안 됩
니다.
다만 우리의 관심이 다른 곳에 있는 것뿐이지요.
기찻길 옆 오막살이에 사는 사람의 자녀 숫자가 많다는 이야기는
거짓일 가능성이 높습니다.
새벽 기차가 옹골차게 기적 소리를 울리고 지나가더라도
이미 익숙해진 사람들에게는 소리가 들리지 않을 테니까요.

세상의 모든 이치도 그러합니다.

관심을 어디에다 두고 살아가느냐 하는 것이 중요합니다.

농부가 밭에 나가 풀베기를 하면 할수록 깎아야 하는 풀들이 많이 보입니다.

공부는 하면 할수록 모르는 것이 늘어나고

부모와 형제, 아내와 자식도 관심이 있어야 많은 것이 보입니다.

같은 곳을 여행하더라도 사람마다 느낌이 다른 이유는

관심의 방향이 다르기 때문입니다.

돈에만 관심을 가지면 세상의 모든 일이 돈으로 보일 것이며

행복의 눈으로 세상을 보면 세상은 한없이 아름다울 것입니다.

무엇에 관심을 가지느냐 하는 것은 그 사람의 인격을 대변합니다.

프란체스코 교황은 소외되고 가난한 곳, 힘들고 어려운 이웃을 찾았습니다.

그가 발을 디딜 때마다 교황으로서의 권위나 권세가 아닌

낮은 데로 임하는 겸손과 내면에서 우러나는 사랑의 실천이 우러났습니다.

천주교 신자는 아니지만, 교황의 실천을 보면서 겉치레와 꾸밈에 빠졌던

나 자신을 반성하는 큰 계기가 되었음을 부끄러운 마음으로 고백합니다.

흐르는 강물처럼 如流

· · · ·

인연

인연은 만남의 시작입니다.
우리는 인생의 길 위에서 많은 사람을 만나게 됩니다.
때론 깊은 울림으로 마음에 다가오는 사람이 있습니다.

"옷깃만 스쳐도 인연"이라는 말씀이 있습니다.
저는 옷깃이 소매인 줄 알았습니다.
그런데 옷깃은 옷의 목에 둘러대어 여밀 수 있도록 한 부분인 것을
늦게야 알았습니다.

옷깃을 스치기가 참으로 쉬운 것인 줄 알았는데
목둘레를 스치려면 상당히 가까워지지 않고는 이루어질 수 없는 것인
것도 새삼 깨닫게 된 것이지요.

인연이란 사람과 사람 사이의 연분 또는 사람이 상황이나 일을 의미
합니다.
그리고 불교에서는 결과를 만드는 직접적인 원인을 인(因)이라 하고
간접적인 원인을 연(緣)이라 합니다.

정말로 인연이라면
그를 보고 싶지 않아 돌아가는 길에서조차 그를 만나게 됩니다.

대수롭지 않은 작은 인연이 평생 이어지는 경우도 있지만
굳건하고 오래된 큰 인연이 작은 오해로 인하여
악연으로 굳어지는 경우도 있습니다.

인연이나 관계는 연약한 봄날의 새싹과 같아서
잘 가꾸고 다듬어 나가면 성장하며 아름드리나무가 되지만
그렇지 못하면 빛을 가리게 되는 그림자가 되고 맙니다.

좋은 인연이란 시작보다는 끝이 좋아야 합니다.
인연은 나와 상관없이 시작되지만
그 끝은 온전히 나에게 달려있기 때문입니다.

중국의 고전에 이런 말씀이 있습니다.
    "有緣千里來相會 無緣對面不相逢"
    (유연천리래상회 무연대면불상봉)
    인연이 있으면 천 리를 떨어져 있어도 언젠가는 만나게 되고
    인연이 없으면 얼굴을 마주 보고 있어도 서로를 알아보지 못한다.

그리고 인연을 발음 나는 대로 쓰게 되면 오해를 받을 수 있지만
뒤집어 표현하면 연인이 됩니다.

흐르는 강물처럼 如流

····
내장산 단풍놀이

하늘에서 가을이 내려와 온 대지를 캔버스 삼고
형형색색의 물감으로 울긋불긋 수놓던 날
전북 정읍에 있는 내장산을 찾았습니다.

주차장에서 내장사 일주문까지 약 2km의 길
양안으로 흐드러지게 피어있는 선홍빛 단풍의 물결과
색색의 등산복을 입은 사람들이 기묘하게 어우러져
정중동의 묘한 조화로움이 나그네의 마음을 넉넉하게 하였습니다.

빨강, 노랑, 주황…. 인간의 솜씨로는 흉내 낼 수 없는 오묘한 색의
조화 속에
자연 단풍, 인간 단풍이 어울려 가을 축제를 벌이고 있었지요.
단풍이 이리 곱고 아름다운 이유는
어쩌면 곧 떨어져 뒹굴 운명에 처해 있기 때문일지 모른다는 생각을
했습니다.

그리고 나무는 마지막 한 잎까지
곱게 물들여 세상으로 떠나보냅니다.
그 순간의 아픔을 영원으로 승화시키려는 몸부림이
이리 처절한 아름다움으로 발현되었는지 모를 일입니다.

온 동네가 붉은 단풍 천지여서
술 한 잔 먹지 않아도 얼굴이 붉어지는 느낌
멋스러운 자연에 취하여 황홀경 속에 빠져 노닐다 보니
우화이등선(羽化而登仙), 날개가 돋아 신선이 된 느낌입니다.

나무는 욕심을 부리지 않고 잎을 떨구어 내고
그 잎은 다시 거름이 되어 다음 해 또 다른 나무로 환생합니다.
비워냄은 또 다른 채움을 준비하는 과정이며
채움 또한 비워냄의 다른 표현이지요.

내장산과 오전 한때의 만남이었지만
침묵으로 깨달음을 주는 자연이야말로
위대한 스승임을 오롯이 느낀 하루였습니다.

흐르는 강물처럼 如流

· · · ·

따뜻한 사람

세월이 흐르는 것은 누구에게나 공평한 공통분모입니다.
자기 얼굴을 예쁘게 꾸미려고만 노력하는 사람은
세월이 흐르면 점점 추해지지만
남을 예쁘게 바라볼 수 있는 눈을 가지려고 노력하는 사람은
세월이 흐를수록 아름다워집니다.

크고 아름다운 눈을 가졌다고 해서
세상을 바라보는 눈이 올바른 것은 아니며
단춧구멍만 한 눈으로 세상을 살아간다고 해서
세상을 바라보는 마음이 작은 것은 아닙니다.

"군자구저기 소인구저인"이라는 말씀이 있습니다.
　　(君子求諸己 小人求諸人)
　　군자는 모든 잘못을 자기 자신에게서 찾고
　　소인은 모든 잘못을 남의 탓으로 돌린다는 의미이지요.

대부분 느린 동물이 오래 삽니다.
빠른 동물은 그 속성 때문에 장수에 실패하는 경우가 많습니다.
불같이 화를 내는 성격보다는 온화한 성격을 지닌 사람이 오래 사는
이유이기도 하지요.

화를 내는 것은 자기 마음속 조건화되어 있는 성격 때문입니다.

똑같은 일을 겪어도 어떤 이는 불같이 화를 내는가 하면 어떤 이는 그렇지 않습니다.

즉 화를 일으키는 현상이 보편적 원인이 아니라

개인의 감정에 따라 달라진다는 것이지요.

우린 스스로 남보다 우월하다는 착각 속에 빠져 살 때가 많습니다.

그러므로 남을 심판하려고 하고, 그 결과가 분노로 다가오는 경우가 많습니다.

남 심판자의 위치에 있을 것이 아니라

자신을 겸허하게 내려놓은 인격자의 위치에 있어야 합니다.

그것이 따뜻한 사람으로 살아가는 초석이 되니까요.

흐르는 강물처럼 如流

....

거 울

자신의 용모를 아름답게 하려면
거울을 바꾸는 것으로 해결할 수 없습니다.
자기 모습을 꾸며야 하는 것이지요.

마찬가지로 세상을 아름답게 하려고
세상을 바꾸기는 결코 쉬운 일이 아닙니다.
그러니 자신의 마음을 바꾸어야 합니다.

거울 속의 세상을 봅니다.
어쩌면 왜곡되지 않게 객관적 시각으로 자신을 바라볼 수 있는
대상체가 거울이기도 하지만
볼록렌즈, 오목렌즈, 이 둘을 결합한 이상한 거울을 만나면
세상은 전혀 다른 모습으로 다가옵니다.

어쩌면 인간은 외물을 비추는 거울 이외에도
자기 내면에도 거울을 하나씩 가졌는지도 모를 일입니다.
외부의 객관적인 세상이
내면의 거울에 비춰 해석되고 인식되니 말입니다.

아이들을 가르치면서 화장과 거울 때문에 부딪히는 경우가 많습니다.

그냥 있는 모습 그대로 젊음의 풋풋함이 배어 나와

정말 순수한 아름다움을 갖고 있는데도 불구하고

성인들 흉내 내기에 바빠 얼굴에 두껍게 분칠하고 교문을 나서는 아이들….

화장한다고 내면의 꾸밈을 멀리한다고 단정하기는 어렵겠지만

보이는 말초적 현상보다는

깊이 있는 내면의 아름다움을 가꾸었으면 하는 바람이 있는 것도 사실입니다.

명품 인생은 거울로 탄생하는 것이 아니라

깊이 있는 사고와 최선을 다하는 노력으로 탄생하는 것이니까요.

왕 필

오늘날 중국의 사상 체계를 주름잡고 있는 것은
BC 500년경의 제자백가와 춘추전국시대의 철학들이지요.
지금으로부터 2500년 전의 사상가들이 이루어 놓은 철학이
지금까지도 인구에 회자하는 것을 보면서
그 철학이 갖고 있는 깊이가 얼마나 심오한 것인지를 생각합니다.

700년 뒤(AD 200)에 왕필이라는 천재가 태어납니다.
그는 24세에 요절했음에도
『사서삼경』, 그 방대한 책에 일일이 주석을 남깁니다.
그가 죽은 후 1,800여 년이 흘렀지만 지금도 그의 주석에 이의를 다
는 학자가 없습니다.

왕필이 죽은 뒤 1,000(AD 1,200)년이 흐른 뒤 주자학을 집대성한 주
희가 태어납니다.
그도 『사서삼경』에 일일이 주석을 남깁니다.
중요한 것은 그의 주석은 원문에 충실하기도 하거니와
왕필이 주석을 달아놓은 것에 대한 추가 설명이나 추가적인 주석인
것이지요.
왕필의 주석을 뒤엎는 대목은 어디에도 보이지 않습니다.
그건 후대의 학자들도 마찬가지여서 왕필의 탁월한 경전 해석 능력을

엿볼 수 있습니다.

그래서 요즘도 서점에 돌아다니는『사서삼경』의 영인본을 보면
원저자가 지은 본문이 나오고
그 아래 1/2 크기로 왕필 주가 나오고
그 아래 1/4 크기로 주자 주가 나옵니다.

오늘 이야기의 초점은 왕필이라는 청년에게 있습니다.
그는 단순한 자구(字句)의 해석이 아니라
도교 경전 및 유교 경전에 탁월한 이해를 하고 있었으며
형이상학적 철학에 능통한 대학자였다는 것이지요.
그것도 단 24살까지만 생존하며 남긴 역사인데도 말이지요.

방대한 책에 주석을 달기 위한 시간이 필요한 것을 고려하면
그는 15~16세 전후에 이미 노장사상 및 주역, 사서에 능통했다는 것
을 알 수 있습니다.
물론 개인의 천재적인 자질이 있었기에 가능한 일이었겠지만
자유롭게 저술할 수 있는 사회적 분위기도 한몫하지 않았을까 생각
합니다.

모름지기 세상을 바꾸는 사람은
어린 시절부터 남다른 능력을 보인 사람들이 많았습니다.
재능 있는 아이들을 그냥 방치하지 말아야 할 큰 이유이지요.

흐르는 강물처럼 如流

····

쉽게 쓰여진 시

쉽게 쓰여진 시는
결코 쉽게 쓰여진 것이 아닙니다.
그 시인이 시를 쓰는 경지까지 뼈를 깎는 노력이 전제되어 있어서 가
능한 일이기 때문입니다.

또한 즉흥곡도 결코 즉흥적으로 만들어진 작품이 아닙니다.
그 노래가 나오기까지의 영감은
힘겨운 노력 끝에 나오는 것이기 때문입니다.

잘나가는 개그맨들의 뒷이야기가 감동을 줍니다.
어떻게 하면 웃음을 끌어낼 수 있을까 하는 노력이 눈물겹지요.
이는 선배 개그맨들이 이런 상황에서 어떻게 웃음을 끌어냈는가를
연구하고 또 연구합니다.
애드리브라는 것이 편안함의 산물이 아니라는 것이지요.

야구를 봅니다.
그냥 보는 것보다 해설가의 이야기를 곁들이면
미처 생각하지 못하고 간과했던 현상의 뒷이야기들이 보는 재미를 더
해줍니다.
해설가가 미리 일어날 일을 예견하기도 합니다.

그런 깊은 혜안 속에는 전문가적 자질을 기르고자 고통스러운 인고의 세월을 보낸 과거가 있습니다.

　한자 성어에 "타면자건(唾面自乾)"이라는 말씀이 있습니다.
　　　다른 사람이 내 얼굴에 침을 뱉으면
　　　그것이 스스로 마를 때까지 기다린다는 뜻이지요.
　　　처세에는 인내가 필요하다는 가르침입니다.

　또 흔히 쓰이는 "견인불발(堅忍不拔)"이라는 성어도 있지요.
　　　화가나 자기 자신을 억누를 수 없을 때 칼을 뽑게 됩니다.
　　　그 결과는 자신과 남에게 상처로 남게 됩니다.
　　　굳게 참아서 뽑지 아니함을 이르는 말이 견인불발이지요.

　달콤한 과일은 인내 속에서 여물어 가는 것입니다.

흐르는 강물처럼 如流

....

음덕취의

음덕취의(飮德醉義)

사람은 누구나 술을 마시면 취함의 경지에 이를 수 있습니다.

하지만 음덕취의처럼 덕을 마시고 의로움에 취할 수 있는 경지는

누구나 다다를 수 있는 것은 아닙니다.

처음으로 하늘을 만나는 어린 새처럼

처음으로 땅을 밟고 일어서는 여린 새싹처럼

처음으로 세상을 대하는 어린아이처럼

우린 순수함을 지킬 수 있어야 합니다.

우린 사사로운 욕심이나 못된 생각 없이

전혀 다른 것이 섞이지 아니한 것을 순수하다고 합니다.

산꼭대기 아무도 머물지 않는 골짜기 하늘이 담긴 옹달샘이 그러하고

가을 햇살을 받아 금빛으로 일렁이는 대자연의 모습이 그러하고

거짓된 세상에서 좀 손해 보는 듯 살아가도 생각의 크기가 작지 않은

사람의 모습이 그러합니다.

들꽃을 봅니다.

누가 관심을 기울이지 않아도 스스로 자신의 본분에 맞추어

나고 자라고 열매 맺는 모습에 충실한 것

그것은 순수입니다.

나이가 들어가면서 많은 생각을 하게 되는 것은 좋으나
사람을 만나면서 이득에 따른 주판알을 튕기게 됩니다.
사회가 각박해지니 남이 선하게 내민 손을 잡는 것도 쉽지 않을뿐더러
나의 선한 행동이 남에게 인정받기도 쉬운 일이 아닙니다.
사회적 순수가 훼손되어 발생하는 것들이지요.

같은 꽃이라면 심산유곡 아무도 관심을 두지 않는 곳에서 피어난 꽃
이나
도심 한복판 세인들의 모든 관심을 한몸에 받고 피어난 꽃은
아름다운 면에서 바라보면 하등 다를 것이 없습니다.

그러니 세상 탓만 할 것이 아닙니다.
내가 주변에 순수로 다가갈 수 있는 것으로 족한 것이지요.
그것이 덕을 마시고 의로움에 취해 사는 멋진 인생일 겁니다.

흐르는 강물처럼 如流

● ● ● ●

지두름

어릴 적에는 한 시간을 걸어서 초등학교에 다녔습니다.
다리가 아프다거나 멀다는 느낌은 없었는데
배가 참 많이 고팠던 것만은 기억합니다.

등굣길, 마을 어귀에 아름드리 살구나무가 있었습니다.
엄연히 주인이 있는 살구나무여서 함부로 딸 수가 없었지요.
그나마 땅에 떨어진 살구를 주워서 반쯤 벌레 먹은 것을 떼어 내고
달콤 떨떠름한 살구 맛을 한 입 맛볼 수 있다는 것은 행운이었습니다.

살구의 유혹에 못 이겨 검정 고무신을 벗어 던지기도 했으며
냇가에서 주먹만 한 돌이나 나뭇등걸을 던져 살구를 따기도 했습니다.
물론 주인이 나타나면 36계 줄행랑을 치곤 했지요.

주인이 살구를 모두 털어가는 날은
내 것도 아니면서 괜스레 아깝다는 생각이 들었습니다.

어느 해인가 살구 걷이가 끝나고 그 주인집을 찾았습니다.
저를 보고 반색을 하시면서
다른 아이들은 함부로 살구를 따 가는데 가만히 보니 너만 안 따간
것 같아

꼭대기 부분에 살구를 남겨두었으니 따가라는 것이었습니다.

물론 저도 살구 따는 악당 모임에 가담을 안 한 것은 아니었는데
평소 인사를 열심히 한 것이 득이 됐나 봅니다.
그해는 살구를 먹는 기쁨보다 남에게 인정받는다는 것의 행복을 더
많이 느꼈던 것 같습니다.

이처럼 다른 사람을 위하여 일부를 남겨놓은 것을 강릉 사투리로 '지
두름'이라고 합니다.
객지에 나가있는 사람을 위하여 나중에 따로 보관해 두었다가
주는 남겨진 과일이나 음식물을 의미하지요.

따라서 까치밥으로 홍시를 남겨놓는 것처럼
집 나가있는 식구를 생각해서 사과 열매를 따로 남겨놓으면
그것이 곧 지두름이 되는 것이니
지두름은 기다림의 다른 표현일 수 있습니다.
다만 기다림은 추상적인 개념이지만 지두름은 구체적 행위로 이루어
지는 것이 다를 뿐이지요.

풍족한 사회에서 못 먹고 산다는 것을 생각하기는 쉽지 않습니다.
따라서 아껴서 남겨두었다가 챙겨주기는 더더욱 쉬운 일은 아니지요.
지두름은 아련한 고향의 맛을 생각게 할 뿐 아니라
정겨운 관계의 미학에서 우러나는 사투리의 맛깔스러움을 생각게 합
니다.

흐르는 강물처럼 如流

참 따뜻했던 인심이 그리워지는 것은
현실이 각박하기 때문이 아닐까 하는 생각이 듭니다.
내가 먼저 손을 내밀어야 하는 이유일 수도 있고요.

. . . .
주어진 자리에 놓인 행복

지난 주말 촛대바위로 유명한 삼척 추암을 찾았습니다.
철 지난 해수욕장, 잔잔한 바다에 고독이 묻어나고
멀리 허리에 팔을 두른 한 쌍의 연인이 바다 풍경을 따뜻하게 합니다.

철썩거리는 작은 파도 소리와 갈매기의 울음소리
작은 모래알만큼 수없는 사연을 간직한 해변의 풍경이
고즈넉하게 마음의 위안이 되었습니다.

강과 바다가 만나는 지점
유유히 노니는 물고기 떼의 모습에서
한가로운 오후의 한때가 자못 행복했습니다.

강어귀에는 오리 떼가 바다에는 갈매기가 있었습니다.
강과 바다가 어울려 있고, 상대 쪽에 아무리 많은 먹잇감이 있어도

오리는 강을 떠나 바다로 가는 법이 없고
갈매기는 바다를 떠나 강으로 가는 법이 없습니다.
갈매기는 유유히 헤엄치는 오리를 부러워하지 아니하고
오리는 하늘을 나는 갈매기를 부러워하지 않습니다.
그저 자신에게 주어진 대로 최선을 다해 살아갈 뿐이지요.

누구나 자신의 위치에서 만족하기란 쉽지 않은 일입니다.
인간은 남과의 비교 속에서 살아가기 때문입니다.
절대 자유의 경지는 상대적 비교 속에서 이루어지는 것이 아닙니다.
그리고 행복은 현재의 자리에서 감사하고 만족하는 것으로부터 시작
되지요.

혼자 밥을 먹고 혼자 바닷가를 거닐었지만
해풍에 온전히 자신을 맡기고 너른 바다를 가슴에 들여놓고
유유히 노니는 오리 떼의 행복을 더불어 느낀 좋은 시간이었습니다.

흐르는 강물처럼 如流

. . . .

언어의 유희

북한 사람들이 남한에 내려와서 들은 이야기 중에
가장 무서운 이야기가 있습니다.
"우리 머리 자르러 가자!"
이때의 머리는 우리 인식 속엔 머리카락으로 한정되어 있지만
북한 사람들은 포괄적 개념으로 이해하기 때문에 기절할 만한 것이지요.

붕어빵엔 붕어가 들어있지 않듯이 엄마 손 파이에는 엄마 손이 들어
있지 않습니다.
그러한 이유로 빈대떡에는 빈대가 들어있지 않은 것이며
부대찌개에는 부대가 들어있지 않은 것입니다.

철판구이는 철판을 구워 먹는 것이 아니고
연탄구이 또한 연탄을 구워 먹는 것이 아닙니다.
고래밥은 고래의 주식이 전혀 아니며
사또밥 역시 사또와는 거리가 멉니다.

새우가 깡을 부리면 고래도 밥이라고 한다지만
광고에는 이렇듯이 상징성과 과장성이 들어 있기도 하고
언어의 유희가 들어있기도 합니다.

우리 조상 중에 언어유희의 최고봉은 김삿갓일 겁니다.

그의 시 대부분은 언어를 갖고 노는 것에 집중되어 있습니다.

따라서 기발한 그의 발상에도 불구하고

국문학사적 발자취가 미미한 것은 유희 속에서 깊이가 없기 때문일 겁니다.

우리도 삶 속에서 지나친 언어의 유희를 경계해야 합니다.

재미를 추구하는 것은 바람직할 수 있겠으나

가벼운 사람으로 치부되기에 십상이기 때문입니다.

흐르는 강물처럼 如流

오 늘

다윗 왕의 반지에 나오는 명언입니다.

다윗 왕이 전쟁에서 승리하고 돌아와서 궁중의 반지 세공인에게

"나를 위한 아름다운 반지를 만들어라.

그 반지에는 내가 큰 승리를 거두어 기쁨을 억누르지 못할 때 그것을 절제할 수 있는 글귀를,

동시에 절망에 빠졌을 때 용기를 줄 수 있는 글귀를 새겨야 한다."

라고 말했습니다.

반지 세공인은 반지에 새길 글귀를 고민하다가 솔로몬 왕자에게 도움을 청했습니다.

솔로몬이 이야기하지요.

"이 또한 지나가리라."

하지만 하루하루는 지나가는 것이 아닙니다.

쌓여가는 것이지요.

역사란 과거가 단순히 지나가서 생긴 자취가 아니라

과거에서 축적되어 온 자취가 만들어 놓은 깊은 울림입니다.

지금 누군가가 내 앞에 있다면

그 사람이 보이는 것은 현재 시점일 수 있지만

그 사람으로 해석되기까지는 무수한 과거의 오늘이 축적된 결과임을 잊어선 안 됩니다.

그래서 오늘이 참으로 중요한 것입니다.
우린 아무 대가 없이 오늘을 선물로 받습니다.
그리고 물과 공기처럼 당연한 것으로 여겨 오늘의 고마움을 잊고 살기 쉽지요.
멋진 내일은 오늘이 모여서 만들어지는 것이니
순간순간을 소중히 여겨 오늘을 허송하지 말아야 합니다.

인생에서 후회를 남겨도 좋지만
결코 미련을 남겨두어선 안 되는 이유입니다.

육두문자

상스러운 욕을 조금 예를 갖춰 표현하면 육두문자(肉頭文字)라고 합니다.
그것을 좀 적나라하게 표현하면
고기 육(肉)에 머리 두(頭)를 쓰니, 즉 고기 머리라는 뜻이 됩니다.
살점으로 이루어진 부분이 대가리처럼 밖으로 돌출된 것을 의미하니
사람의 신체로 말하면 코나 유두, 남자의 생식기가 그러하네요.
그중 남성 생식기를 뜻하는 것입니다.

인간과 동물의 차이는 의사소통 능력에 있습니다.
오직 인간만이 언어를 통하여 복잡한 사고와
섬세한 감정, 철학적인 개념을 주고받을 수 있습니다.

이 귀하고 귀한 인류의 유산을
참 좋은 말로 서로를 위하고 사랑하며 보듬어 주는 데 사용하는 사
람이 있는가 하면
육두문자를 동원하여 서로에게 상처를 입히고 힘들게 하는 데 사용
하는 사람이 있습니다.

말이 깨끗하면 삶도 깨끗해집니다.
요즘 청소년 언어를 들어보면 차마 글로 옮길 수 없는 것들이 많습니다.
그 예쁜 입이 쓰레기장을 방불하니 말입니다.

세계 어느 나라를 가더라도 우리나라만큼 다양한 욕이 있는 나라도 없습니다.

요즘 청소년들을 보면 욕의 생활화 및 습관화로 인하여

자신이 욕을 하고도 욕을 했다는 관념이 없습니다.

문제는 언어생활이 인성 발달에 지대한 영향을 주고 있다는 것에 있습니다.

즉 언어는 인격의 대변이라고 해도 과언이 아니지요.

말을 예쁘게 하면서 되바라진 사람이 없고

말을 거칠게 하면서 인성이 좋은 사람이 없습니다.

꽃으로도 때리지 말라고 했는데….

요즘 세상을 보면

물리적인 폭력보다도 언어적 폭력이 심각한 사회 같아 염려되어서 말입니다.

옛날 컴퓨터 공부를 열심히 할 때 배운 욕이 하나 있습니다.

"에라이, 오토파킹도 안 되는 시게이트 하드 같은 놈아!"

어렵기도 하지만 좀 애교스럽지 않나요?

흐르는 강물처럼 如流

노을처럼 지다

바람이 붑니다.
낙엽이 구릅니다.
여름내 견뎌왔던 일상이 추억으로 승화되고
그 추억의 부스러기가 바스락거림으로 지난날을 이야기합니다.

모든 것은 때가 있는 법
부는 바람을 탓할 것이 아니고
지는 꽃을 한탄할 것이 아닙니다.

대나무가 가늘고 길지만
모진 바람에 꺾이지 않는 것은
속이 비어있기 때문입니다.
잡고 있는 것을 잠시 놓아보세요.
놓을 줄 안다는 것이 새로운 깨우침의 시작이 되니까요.
움켜쥔다고 해서 모두가 내 것이 되지는 않는다는 평범한 사실을 깨
닫는데 너무나 많은 세월을 소비했습니다.

이제 지천명을 넘긴 나이
들꽃으로 살다가
노을로 지고 싶습니다.

• • • •

욕속부달

오늘 아침은 공자님 말씀을 한 줄 읽습니다.

　"무욕속 욕속즉부달 견소리즉 대사불성"

　(無欲速 欲速則不達 見小利則 大事不成)

지나치게 빨리 무언가를 이루려 하지 말아라.

무리하게 이루려고 하면 목표에 도달할 수 없을 것이다.

작은 이익에 집착하지 말아라.

조그만 이익에 연연하면 큰일을 이룰 수 없을 것이다.

위의 이야기는 공자의 제자 자하가 작은 고을의 원님이 되어

공자에게 고을을 다스리는 방법을 물었을 때 하신 말씀입니다.

맹자도 "진예속퇴(進銳速退)"라는 비슷한 말씀을 남기지요.

날카로운 기세로 빠르게 나아가는 사람은 물러나는 것도 빠르다는 뜻

입니다.

스페인의 바르셀로나에는 성 파밀리아 성당이 있습니다.

이 성당은 1882년에 건립을 시작하였는데, 130년이 지난 지금도 짓

고 있습니다.

앞으로도 100년 혹은 200년이 걸려야 완성될 것이라고 합니다.

현재 일부만 완공되어 예배당으로 사용하고 있는데

살아있는 듯한 조각상과 멋진 외관, 꼼꼼한 마무리로

완성되기도 전에 이미 세계 건축사상 보기 드문 걸작으로 평가받고 있는 건물입니다.

지금 50~60대는 지구의 역사상 유례없는 기간을 겪은 사람들입니다.

농경사회에서 산업화사회를 거쳐 정보화사회를 살고 있으니 말입니다.

이들은 겪은 변화의 빠름만큼이나 서둘러 결과를 얻으려는 경향을 보입니다.

말레이시아 키나발루 산(4,100m)을 등정하면서

현지인과 잠시 대화를 나눌 기회가 있었습니다.

현지인: Where are you from?

나: South Korea.

현지인: Oh! Bbalribbalrl(빨리빨리).

웃자고 한 이야기겠지만, 그동안 우리가 얼마나 급하게 살아왔는가를 생각게 합니다.

모든 일은 서둘러서 좋을 것이 없습니다.

빨리 먹는 밥이 쉬 체하는 법이며, 서두르는 일이 실수를 남발하는 법입니다.

너무 서두르지 마세요.

느리게 살아도 세상은 괜찮답니다.

천천히 먹는 빵이 제맛을 느끼게 해주는 것이며

주변을 돌아보고 방향을 점검하며 꾸준히 나가는 것이 더 성공에 가까운 것이니까요.

선택의 중요성

친척 중에 점집에 자주 다니는 분이 계십니다.
인생은 BCD라고 이야기합니다.
Birth와 Death 사이에 Choice가 늘 존재한다는 것이지요.
즉 삶이란 결국 선택의 연속입니다.

우리는 선택의 기로에 있을 때 자기의 판단을 남에게 미루기 쉽습니다.
이 사람을 계속 만나야 하나?
이 회사에 들어가는 것이 좋을까?
장사를 시작해도 좋을까?
이런 선택의 시기에 점집에 가는 경우가 많은 것이지요.

자신을 가장 잘 아는 사람은 자기입니다.
그런데 우린 점술인에게 자기가 만나야 할 사람을
어떻게 해야 할지 묻는 경우가 많습니다.
점술인은 내가 만나는 대상을 평생 한 번 본 적이 없는데도
그 사람에 대하여 이러쿵저러쿵 이야기합니다.
그리고 우린 그것을 전혀 이상하게 생각하지 않습니다.

회사만 해도 그렇습니다.
본인은 취업 준비에 이력서를 쓰고 면접을 준비하면서 회사 입사를

흐르는 강물처럼 如流

준비합니다.

그리고 자신이 그 회사에 들어가면 일을 잘할 수 있을지는 자신이 가장 잘 알지요.

그런데도 회사에 전혀 관심을 가져보지 않은 사람에게 복채를 주고 들어가야 할 것인지 말 것인지를 묻습니다.

점이란 어쩌면 자기 자신의 불확실성을 딛고 심리적인 안정을 얻으려는 이유에서 보는 것일는지 모릅니다.

하지만 점쟁이의 판단에 인생을 거는 것은 옳지 않습니다.

우린 사주팔자를 비롯하여 성명학, 관상, 수상(손금)에 이어 족상(발금)에 이르기까지

무언가에 매달려 살기를 희구하는 경우가 많습니다.

미래에 대한 책임은 자신이 지는 것입니다.

그 판단이 옳든 그르든 말이지요.

자신의 인생에 좀 더 자신을 갖고 살아야 할 이유이지요.

겸손함

정선아리랑에 다음과 같은 구절이 있습니다.
　"백두산이 아무리 높아도 소나무 밑에 있고.
　사람이 아무리 높아도 지붕 아래 논다."

높은 산에 오르면 식생이 특이하여
바위와 돌로만 이루어진 경우도 있고
비바람에 잘 견디는 철쭉으로 뒤덮인 경우도 있어
실제 백두산 꼭대기에 소나무가 있는지는 알 수 없으나
(백두산 꼭대기는 수목한계선 위이기 때문에 나무는 살 수 없습니다.)
꼭대기에 나무 한 그루, 풀 한 포기가 있다고 하더라도
산은 그 아래 있는 것만큼은 틀림이 없습니다.

저는 막내로 태어나 어머니 젖을 다섯 살까지 먹었는데도
키가 매우 겸손합니다.
중·고등학교 다닐 때는 키 순서로 번호를 정했는데
10번 이상을 배정받은 경우가 없었습니다.
고2 때 발뒤꿈치를 들고서야 12번까지 한 것이 번호의 최대치였으니
말입니다.

요즘이야 깔창의 꿈과 키 높이 구두의 놀라운 능력 덕분에

남들에게 보이는 인식 속에 눈속임은 어느 정도 가능하게 되었으나
침대와 이불의 길이가 넉넉하다는 사실엔 변함이 없습니다.

교직에 몸담고 나서
키의 겸손함이 아이들 교육하는 데 아무런 지장이 없다는 것이 행복
했고
살아가는 데 크게 불편함이 없으니 내가 갖고 있지 못한 것에 대한
선망이나 열망은 그리 크지 않았습니다.

어린이를 가르치던 『소학(小學)』에 나오는 말씀입니다.
　　"종신양로 불왕백보 종신양반 부실일단"
　　(終身讓路 不枉百步 終身讓畔 不失一段)
　　평생 남에게 길을 양보해도 그 손해가 백 보밖에 안 되고,
　　평생 밭두둑을 양보해도 한 두둑을 잃지 않는다.
겸손이란 자기를 낮추는 것입니다.
상대를 존중하는 마음으로 스스로 양보하는 것이지요.

가을 열매가 당도 높고 맛있는 이유는
오랜 세월 키우고 숙성시킨 세월이 녹아있기도 하지만
스스로 툭 떨어지는 자연스러움에 있습니다.
겸손도 이와 같아서 억지춘향이 아니라
스스로 몸에 배어있어
자신도 모르는 사이에 실천되는 체득의 멋스러움이 있어야 합니다.

· · · ·

군자삼변(君子三變)

『논어』에 나오는 이야기입니다.
군자는 세 번 변할 줄 알아야 한다는 말씀이지요.

대부분의 동양학에서 變(변)이란 한자는 그리 긍정적이지 못합니다.
변절자나 조변석개나 조삼모사 등등 변한다는 것은
소인배의 줏대 없음에 종종 비유되곤 하니까요.

공자에게 물었습니다.
"엄격한 사람, 따뜻한 사람, 논리적인 사람 중에서
어떤 사람이 나은 사람입니까?"

공자는 그 물음에 "군자 삼변."이라고 답합니다.
엄숙함, 따뜻함, 그리고 논리력을 모두 갖춘 사람을 三變이라고 표현
한 것이지요.
즉 군자는 세 가지 서로 다른 모습을 갖출 수 있어야 한다는 뜻입니다.

이것을 풀어서 표현하면
첫째, 멀리서 보면 의젓한 모습이고
둘째, 가까이 다가가서 보면 볼수록 따뜻한 인간미가 느껴지고
셋째, 그 말을 들으면 논리가 있고, 합리적 언행을 가져야 군자라는

흐르는 강물처럼 如流

말씀입니다.

엄격함과 따뜻함 그리고 차가운 논리력은
어찌 보면 상반되는 것 같지만
외로는 엄격함을 지키되 안으로는 따스함을 간직하고
그러면서도 냉철한 이성을 가지는 일관성으로 보면 같은 것입니다.

요즘 세상을 보면 자체가 변화무쌍입니다.
잠시 방심하다가는 변화의 급류에 휩쓸려 어디로 떠내려갈지
예측조차 하기 힘든 세상이 된 것이지요.
하지만 공자가 말하는 변화는 줏대 없음이 아니라
일관성과 방향성이 있다는 것을 알아야 합니다.
"해현경장(解弦更張)"이라는 표현이 있습니다.
    "거문고의 줄을 바꾸어 매다."라는 뜻으로
    느슨해진 것을 긴장하도록 다시 고치거나
    사회적으로 정치적으로 제도를 개혁하는 것을 의미합니다.

"개옥개행(改玉改行)"이라는 말씀도 있지요.
    "차고 다니는 옥의 종류가 바뀌면 걸음걸이도 바뀌어야 한다."라
    는 의미입니다.

나눔과 배려

행복이란 움켜쥠에 있지 않습니다.
더불고 나눔에 있는 것이지요.
나눔에 인색했던 시절이 있었습니다.
내가 돈을 많이 벌고 성공하면 베풀고 살리라는 막연한 다짐을 한 적
도 있지요.

하지만 부자가 되고 난 이후에 한다고 다짐한 사람도
정작 부자가 되고 나서 실천하기란 쉬운 일이 아닙니다.
나눔은 내가 쓰고 남아서 실천하는 것이 아니라
부족한 듯해도 더불어 살고자 하는 마음의 실천이기 때문입니다.

월급쟁이로 살지만, 일가를 이루고
살만한 집이 있고, 자가용을 굴리고 있으며
먹는 것에 연연해하지 않는 비교적 안정된 삶을 살고 있으면서도
나눔에 인색한 자신을 반성합니다.

나는 가난해서 나눌 것이 없다고 생각하는 사람은
실제로 나눌 것이 없는 것이 아니라
나눌 마음이 없는 것입니다.
그러니 나눔이란 능력의 부족이 아니고 배려의 부족입니다.

흐르는 강물처럼 如流

아주 작은 배려가 세상을 아름답게 합니다.

출근하여 책상 위에 예쁜 들꽃이 작은 병에 꽂혀있을 때

누군지 몰라도 따뜻한 마음이 느껴져 행복한 하루를 시작할 수 있었던 시절이 있었습니다.

이제 내 책상 위에 꽃을 꽂아줄 사람을 기다리는 것이 아니라

다른 사람의 책상에 꽃을 꽂아주고자 하는 마음으로 살아가야 하는 것임을

베푸는 것이 베풂을 받는 것보다 행복하다는 것을 깨닫는 아침입니다.

····

삼년지애(三年之艾)

"삼년지애(三年之艾)"라는 말씀이 있습니다.
　"3년 묵은 쑥"이라는 의미이지요.

어느 마을에 효성이 지극한 아들이 홀어머니를 모시고 살았습니다.
어머니가 병이 들어 몸져누워
아들은 지극정성으로 병간호합니다.
아들의 간호에도 어머니의 병세는 점점 심각해집니다.

이때 지나가던 스님이 병문안합니다.
"3년 묵은 쑥을 다려 드리면 병이 나을 수 있을 겁니다."

아들은 바로 3년 묵은 쑥을 찾으러 나섭니다.
들에 산에 지천인 것이 쑥이건만
3년 묵은 쑥을 찾기는 쉬운 일이 아니었습니다.

전국 방방곡곡을 돌며 3년 묵은 쑥을 찾은 지 7년째
어머니는 병세가 악화되어 그만 숨을 거두고 말았습니다.
만약에 아들이 3년 묵은 쑥을 찾을 것이 아니라
그 말을 들었을 때 바로 쑥을 뜯어말렸더라면
노력과 시간을 허비하지 않고 어머니를 쉬이 고칠 수 있었을 텐데

　　　　　　　흐르는 강물처럼 如流

3년 묵은 쑥을 여러 번 만들 기회를 스스로 저버리고 만 것이지요.

우리는 스스로 준비하지 않고 남을 바라보는 경우가 많습니다.
문제의 본질은 자신에게 있는데, 남만 바라봐서는 결코 문제를 해결
할 수 없습니다.
그리고 준비된 사람만이 큰일을 할 수 있지요.

우리에게 3년 묵은 쑥은 무엇일까요?
3년 후 5년 후, 다가올 미래에 어떤 능력이나 기능이 필요하다면
지금 필요한 것을 시작해야 합니다.

나의 정원에 꽃을 피우고 싶다면 지금 나가 씨앗을 심어야 합니다.

아무리 고르고 고른 언어라고 할지라도

전달되는 순간 청자의 마음가짐에 따라 의미가 변질되고

오해의 소지를 남겨 소화불량이 된 언어의 뭉치를 발견하곤 합니다.

제3장

침묵의 미학

들풀처럼

들풀은 자신을 치장하지 않습니다.
그리 화려하거나 고고하지는 않지만
그렇다고 초라하거나 저속하지 않습니다.

바람이 불면 부는 대로 흔들리되
결코 꺾이거나 스러짐이 없이
그냥 맨몸으로 눕고 맨몸으로 일어납니다.

아무도 알아주는 이 없이 세상에 던져져 있을지라도
외로워하거나 슬퍼함이 없이
그저 의연하게 세상을 살아갑니다.

오는 비를 온몸으로 견디되 거부하는 법이 없고
가는 계절을 함께하되 잡는 법이 없습니다.
그저 자연에 순응하여 온전히 몸을 맡기고 현재에 최선을 다할 뿐이
지요.

욕심으로 남의 것을 탐냄이 없이
열매를 맺어 자연으로 돌려보냅니다.
그러니 온전한 무소유의 영혼을 가진 것이 들풀입니다.

그저 침묵으로 살아가더라도
누구도 알아주지 않는다고 하더라도
하늘 아래 맑은 영혼을 가진 들풀이 되고 싶습니다.

• • • •

삼년불비(三年不飛)

오늘은 고사를 하나 읽어봅니다.
"삼년불비우불명(三年不飛又不鳴)"이라는 고사이지요.
여불위가 지은 『여씨춘추(呂氏春秋)』에 나오는 이야기입니다.

춘추전국시대 초(楚)나라 장왕이 즉위한 지 얼마 안 되어
장왕(莊王)은 신하들을 모아놓고 엄포를 놓습니다.
"만일 과인에게 직언을 고하는 자가 있다면 사형에 처할 것이다."

그 후 장왕은 국정은 돌보지 않고 날마다 주색에 빠져 지냈습니다.
그러나 누구 하나도 그러한 장왕에게 간언할 수가 없었습니다.
괜히 간언했다간 목숨을 잃을 수 있기 때문이었지요.

3년이 지나 충신 오거(伍擧)는 죽음을 무릅쓰고 장왕에게 간언합니다.
"전하 신이 수수께끼 하나를 내겠습니다."

흐르는 강물처럼 如流

"무엇이냐?"

"언덕 위에 큰 새 한 마리가 있는데, 3년 동안 한 번도 날지도 않고,
울지도 않았습니다(삼년불비우불명(三年不飛又不鳴).
대체 이 새는 어떤 새일까요?"

장왕은 오거가 어떤 뜻으로 수수께끼를 낸 줄을 알고 있었지만
"3년이나 날지 않았기에, 한번 날면 하늘에 오를 것이요
한 번도 울지 않았기에, 한번 울면 세상을 놀라게 할 것이다."
라고 대답하고 그를 돌려보냅니다.

그로부터 몇 달이 지났으나 장왕의 태도는 여전히 변하지 않았습니다.
이에 대부 소종(蘇從)이 죽음을 각오하고, 장왕에게 간언합니다.
그러자 장왕은 화가 나 소종에게 말했습니다.
"경은 포고문도 못 보았나?"
"예, 봤습니다. 그러나 신은 폐하께서 백성들을 두루 살피시고
나라를 굳건하게 하신다면 죽어도 상관없습니다."
"알겠소, 물러가시오."

이후 장왕은 주색잡기를 끊고 국정에 전념하며, 백성들을 보살피기
시작했습니다.
장왕이 국정에 전념하기 시작하면서 가장 먼저 한 것은
충신과 간신들을 구분하는 것이었습니다.

장왕이 3년간 주색에 빠진 것은 바로 충신과 간신을 구분하기 위한

포석이었으므로

간신배들을 구분하는 것은 그리 어렵지 않았다고 합니다.

부정부패에 가담한 관리들, 반윤리적 공직자들을 색출하여 제거하고 오거(伍擧)나 소종(蘇從) 같은 인물을 등용시켜 나라를 굳게 하고 백성을 편안하게 만들었다고 하지요.

이는 일을 이루기 위하여 침착하게 때를 기다리는 것을 의미합니다.

그냥 넋 놓고 기다리는 것이 아니라 준비하며 기다리는 것이지요.

대나무는 1년에 30m까지 자랍니다.

나무가 그리 속성으로 성장할 수 있는 이유는

싹을 내기 전에 4년 이상을 뿌리 성장을 하면서 준비한 기간이 있었기 때문입니다.

흐르는 강물처럼 如流

· · · ·
빈 손

제주도에는 연못이 거의 없습니다.
기공이 많은 현무암이 물을 가두는 능력이 없기 때문이지요.
그래서 논도 거의 없을뿐더러 그리 비가 많이 와도 큰 홍수가 나지
않습니다.

그런데 애월읍 하가리에 연화지가 있습니다.
독특하게도 연못이 존재하고
그 연못 안에는 수십 년 된 연꽃들이 다투어 피어나
소박하고 우아한 자태를 뽐내고 있었습니다.

연화지에 비가 내리던 날 연꽃과 데이트를 하였습니다.
연분홍 꽃잎에 알알이 맺힌 빗방울은 탈속한 청초함을 보여주었습니다.
또한 어른 방석만큼이나 큰 연잎에 빗방울이 모이면
어느 순간에 또르르 밖으로 떨구어 냅니다.

그제야 저는 왜 연꽃이 그리 큰 감동을 주는지 깨달았습니다.
연잎처럼 꾸준히 비워내고 덜어내는 지혜로움이
욕심을 버리고 해탈한 고승의 모습처럼 다가왔기 때문입니다.

우리는 빈손을 가질 수 있어야 합니다.

내 손이 비어있어야 남의 손을 잡을 수 있으니까요.
인생의 마지막 가는 길
수의에는 주머니가 없다고 합니다.

공수래공수거
空手來空手去
빈손으로 왔다가 빈손으로 가는 인생
탐욕에 눈이 어두워 욕심부려 살아온 것의 덧없음을
내려놓고, 비워내는 것의 아름다움을
비 오는 연화지에서 큰 울림으로 느낄 수 있었습니다.

흐르는 강물처럼 如流

• • • •
텅 빈 충만

우리 몸의 각종 질병의 가장 큰 원인은 스트레스라고 합니다.
스트레스를 가져오는 것은 복잡한 생각이 원인일 수 있지요.
무념무상, 마음을 비워내야 영혼이 맑아집니다.

어떤 일에 달관의 경지에 이르게 되면 어린아이와 같아진다고 합니다.
대학 시절 서실에서 먹을 갈던 때가 있었습니다.
저의 인생에서 '노력해도 안 되는 것이 있구나!' 하는
깨달음을 가진 사건이었지요.
(실은 진정으로 최선을 다했는가 하는 데는 의문이 있습니다.)

그 서실의 벽면 한복판에 장난스럽게 쓴 액자가 걸려있었습니다.
"저 정도면 내가 발로 써도 쓰겠다."
참으로 못 쓴 글씨를 아까운 액자에 넣어서 그것도 중앙에 걸어놓은
사실이 이해되지 않았습니다.
한 달이 지나서야 그 글씨가 서실 원장님의 작품인 것을 알았습니다.

참으로 신기한 것은
먹을 갈면 갈수록 그 글씨가 점점 멋스럽게 보인다는 것이었습니다.
1년이 지나 잘 쓰지는 못해도 보는 안목은 좀 길러졌을 즈음
그 작품이 범접할 수 없는 기품을 갖고 있다는 사실을

마음으로 체득할 수 있었습니다.

어떤 경지에 올라 잘 써야겠다는 마음까지도 없어지면
내면의 멋스러움이 자연스럽게 작품으로 옮겨지게 됩니다.
멋진 시는 미사여구로 도배된 것이 아닙니다.
순수한 언어로 심금을 울리는 것이 멋진 것이지요.

위대한 작품들을 보면 복잡하거나 화려하지 않고
단순하고 간결하며 순수함이 느껴지는 것이 많습니다.
진실이 거추장스러운 꾸밈이 필요하지 않은 이유이지요.

마음이 텅 비어있는 것은 자유로움으로 충만한 것을 의미합니다.
텅 빈 충만
어찌 보면 언어의 부조화로 다가올 수 있겠지만
어떤 일에 일가를 이룬 후 자신을 비워내고 덜어낸 다음 도달할 수
있는
절대 자유의 경지가 아닐까 하는 생각이 들었습니다.

흐르는 강물처럼 如流

한 계

사람은 22세 전후해서 성장이 멈추게 됩니다.
그 이유는 성장판이 닫히기 때문이지요.
그러나 사람의 창의력은 멈춤의 한계가 없습니다.
다만 그가 책을 닫지 않는 한 말이지요.

지름길은 없습니다.
한 남자가 뉴욕 거리에서
어느 유명한 음악가에게 물었습니다.
"어떻게 하면 카네기 홀에 설 수 있습니까?"
음악가는 이렇게 대답하지요.
"연습하십시오. 오직 날마다 연습하십시오."
우리나라 축구가 첫 월드컵에 나간 것은 1954년이었습니다.
6·25 동란으로 폐허가 된 조국, 맨땅에서 뛰고 구르며 얻은 결실이지요.
못 먹고 살던 시절이라 그들은 국가대표임에도
평균 170cm에 60kg의 가냘픈 몸매를 갖고 있었습니다.

예약제를 알 수 없었던 그들은 일본 공항에서
외국 항공사의 표를 구하기 어려워
한 장 한 장 표를 모아
무려 62시간의 비행 끝에 스위스에 도착할 수 있었습니다.

그것도 겨우 경기 시작 10시간 전에 말이지요.

첫 경기는 헝가리전이었습니다.
결과는 9대 0의 초라한 성적표였지요.
그때 국가대표 선수가 한 말이 있습니다.
"헝가리 선수들은 공을 뒤로 차더라."
오버헤드 킥을 처음 보았기 때문입니다.

오버헤드 킥을 보기 전까지는 앞으로 정확히 차는 것을
능력의 한계처럼 느끼고 살아왔을 것입니다.
우리도 고정관념 속에 스스로 한계를 그어놓고 살아가는지도 모릅니다.
다 큰 코끼리가 썩은 동아줄에 묶여있어도
그 사슬을 끊을 생각을 하지 못하는 것처럼 말이지요.

우린 그 관념의 사슬, 체념의 사슬에서 벗어나야 합니다.
그리고 9:0의 처절한 패배가 오늘날 한국 축구의 디딤돌이 되었다는
것을 생각해야 하지요.
상처뿐인 역사가 성공을 만들어 내는 밑거름이 됩니다.
별이 어둠 없이는 빛날 수 없듯이 말이지요.

흐르는 강물처럼 如流

다름 인정하기

매화나무가 연분홍 꽃을 피운다고 해서
감나무도 연분홍 꽃을 피울 필요는 없습니다.
봄에 핀 꽃이 다 시들었다고 해서 가을꽃을 부러워할 이유가 없고
가을꽃이 찬 서리 맞아 고통을 겪는다고 해서 봄꽃을 부러워할 이유
가 없습니다.
모든 나무는 저마다의 특징으로 존재하기에 아름다운 것입니다.

화천에 가면 시골집에 장 항아리만 500개가 넘는 장 집이 있습니다.
투명한 햇살 아래 맛있는 장을 품은 항아리들,
혹시 바람에 뚜껑이 날아갈세라
그 항아리 위에는 손바닥만한 돌들이 하나씩 올려져 있습니다.

그 많은 돌을 아무리 자세히 보아도
같은 모양을 한 돌은 하나도 없습니다.
상대방을 이해하기 위한 첫걸음은 바로 다름을 인정하는 것입니다.

회사에 다닐 때 일보다 인간관계 때문에 힘든 경우가 많습니다.
다름을 인정하지 못하고 다투는 경우가 많기 때문이지요.
차이가 있다는 것은 틀린 것이 아니라 그저 조금 다를 뿐인데 말이지요.
결혼한 부부를 잘 살펴보면 전혀 어울릴 것 같지 않은데

잘 사는 커플이 많습니다.

내가 갖고 있지 않은 것에 대한 환상은 누구에게나 있는 것입니다.

또한 그것이 매력으로 다가오기도 하지요.

그들이 잘 살아가는 이유는 사랑으로 묶여있기 때문입니다.

다름을 인정하고 사랑으로 감싸주는 배려가 있었기 때문이지요.

우린 서로 다른 공간에 다른 생활상과 다른 잣대를 갖고 살아갑니다.

문제는 나와 다름을 불편하게 여겨 인정하기가 쉽지 않다는 것이지요.

서로의 다른 기준을 인정하고 이해하고 존중해야 합니다.

그것이 인생을 살아가는 참된 멋이기 때문이지요.

흐르는 강물처럼 如流

여 행

누구나 살아가면서 한 번쯤은 여행을 꿈꿉니다.
삶에 지치고 힘들 때, 평범한 일상에서 탈출을 꿈꿀 때
짙은 외로움에 밤잠을 설칠 때
우린 모든 것을 툴툴 털고 떠나보고 싶은 생각을 하게 됩니다.

여행은 낯선 곳에서 자기와의 만남입니다.
이미 익숙한 곳, 반복되는 일상의 매너리즘에서 벗어나
경험해 보지 못한 문화와 인식의 차이를 통해
객관적 자아를 찾아가는 여정인 셈이지요.

그러니 여행은 돌아오기 위하여 떠나는 것입니다.
날 잡아 묵은 청소를 하고 나면 마음 또한 정리되는 것 같아 상쾌한
느낌이 들듯이
일상의 묵은 때를 신선함으로 채우기에는 여행만한 것이 없습니다.

처음 유럽을 방문했을 때는
아기자기한 건축물과 조각상이 어우러진 멋진 경관과
화려한 미술관이 무척이나 인상적이었습니다.
그러나 돌아와서 반추해 보면 동네마다 광장이 있어
차 한 잔의 여유와 햇살바라기를 하며 순간의 즐거움을 만끽할 수 있

는 여유로움이 좋았던 것 같습니다.

또한 여행은 사랑하는 사람들과의 잠시 동안 이별을 의미합니다.
특히 해외에서 핸드폰을 꺼놓았을 때의 자유로움은
인지하지 못했던 일상의 속박이 얼마나 컸는가를 단적으로 알려줍니다.

그리곤 생각하게 되지요
내 옆에 조용히 들풀처럼 존재하는 사람들의 소중함과
늘 표현하지 못했던 사랑하는 사람들의 깊이와
내가 열심히 걸었다고 생각했던 삶의 방향과
살아있음의 감사와 행복을 말이지요.

황혼

일출도 장엄하지만, 일몰이 더 아름답습니다.
일출은 잠깐의 이벤트에 불과하지만
일몰은 해가 진 뒤에도 긴 여운이 남는 비교적 긴 시간의 울림이고
저물어 가는 때만이 느낄 수 있는 안타까움 속에
모든 사물이 익어 향기를 더할 수 있는 시기이기 때문입니다.

누구에게나 황혼은 다가옵니다.
황혼엔 쓸쓸함과 고독, 미련과 아쉬움이 남겠지만
잔잔한 인품으로 멋지게 삶을 마무리하는 것이 중요합니다.

권세나 부귀영화를 가까이하지 않는 사람을 청렴하다고 말하지만
가까이하고서도 이에 물들지 않는 사람이 진정 청렴한 사람입니다.
이권에 초연하여 남을 속이지 않는 사람을 고상하다고 말하지만
이권을 알고서도 그에 물들지 않는 사람이야말로 더욱 고상한 사람입
니다.

"행백리자 반구십"이라는 말씀이 있습니다.
　　　行百里者 半九十
　　　(백 리를 가고자 하는 사람은 구십 리가 반이다.)
세상엔 '시작이 반'이라 하여 시작의 어려움을 토로하지만

122

정작 중요한 것은 완성도 높은 마무리입니다.

나이가 들수록 침묵하는 법을 배워야 함을 느낍니다.
조선 시대 안방준 선생님은 구잠(口箴, 입을 경계함)이란 글을 썼습니다.
    "言而言 不言而不言
    言而不言不可 不言而言亦不可"
    (말을 해야 할 때는 하고, 말하지 말아야 할 때는 하지 말아야 한다.
    말을 해야 할 때 말을 하지 않아도 안 되고
    말을 해서는 안 될 때 말을 해서도 안 된다.)

말과 실수는 비례 관계에 있습니다.
말을 많이 하면 할수록 필요 없는 말도 섞여 나오게 마련이지요.
입은 하나이고, 귀가 둘이며
입은 닫을 수 있지만, 귀는 닫을 수 없도록 만들어진 이유를
깊이 생각해 보아야 합니다.

나이가 곱게 들면 은은한 백발에도 광채가 납니다.
아무리 경험보다 변화가 가치 있는 세상이라지만
따뜻한 마음속에 들어있는 지혜로움은 세상 어떤 것과도 바꿀 수 없
는 가치임을 잊지 말아야 합니다.

흐르는 강물처럼 如流

．．．．

변화

인간을 정의하는 말이 여러 가지가 있지만
그중 "도구를 사용하는 특징을 가진 영장류."라는 말도 있습니다.

도구가 있으면 쓰임이 있어야 합니다.
쟁기가 있으되 밭을 갈지 못하거나
피아노가 있으되 연주를 못 하거나
컴퓨터를 주었는데 사용하지 못한다면 아무런 소용이 없습니다.
교육도 일종의 도구입니다.
'가르치어 기른다'는 의미 속에는 변화의 깊은 속내가 들어있습니다.
교육해도 변화가 동반되지 않는다면
교육을 받는 사람과 받지 않는 사람을 구별할 수 없습니다.

교육이란 눈에 보이지 않는 무형의 자산입니다.
하지만 인간의 의식을 변화시키고
동기를 부여하여 인생의 새로운 전환점을 만들어 주기도 합니다.

저는 "경당문노(耕當問奴)"와 "불치하문(不恥下問)"이라는 성어를 좋아
합니다.
밭을 가는 것에 대해서는 노비가 최고입니다.
아무리 하찮은 직위와 직업을 가지고 있다고 하더라도

그가 전문가라면 부끄럼 없이 물을 수 있어야 합니다.

모르는 것이 부끄러운 것이지, 묻는 것이 부끄러운 게 아니기 때문입니다.

*耕當問奴: 밭갈이는 마땅히 노비에게 물어라.

*不恥下問: 아랫사람에게 묻는 것은 부끄러운 일이 아니다.

한유가 지은 사설(師說)에서

"도지소존 사지소존(道之所存 師之所存)"이라고 했습니다.

도가 존재하는 곳이 곧 스승이 존재하는 것이라는 것이지요.

교육은 학교 안에서만 이루어지는 것이 아니고

교육부에서 교원 자격을 받아 교사라는 직책을 갖고 있는

사람만이 할 수 있는 것도 아닙니다.

온 세상이 다 교육의 장이고, 나보다 앞서있는 모든 사람이

좋은 스승이 될 수 있지요.

살아있는 동안 배워야 합니다.

세월 속에서 나이 들어 늙어간다고 해서 저절로 현명해지지는 않기 때문입니다.

흐르는 강물처럼 如流

체면문화

소인은 타인의 눈을 두려워하고
대인은 자기의 눈을 두려워합니다.

우리나라는 농경민족이라 한군데 모여 살게 되어
이동이 적었기에 이웃과 함께하는 문화가 발달하였고
아울러 체면문화를 갖게 되었습니다.

서양은 목축업을 중심으로 살아왔기 때문에
늘 풀을 찾아 이동하였으므로
남보다는 자기 자신, 즉 개인의 일을 중요시하는
개인 문화를 갖게 되었습니다.

전자가 외적으로부터 내적 자아의 변화라고 이야기한다면
후자는 내적 자아의 외적 표현이라고 할 수 있습니다.
전자가 남의 눈을 의식한 사회적 시각을 갖고 사는 세상이라고 한다면
후자는 스스로 양심의 잣대를 갖고 사는 세상이라고 할 수 있습니다.

체면문화가 발달한 나라에서는
잘못을 저질렀을 때 외부로 알려지지만 않으면 체면을 구길 일이 없
습니다.

따라서 숨길 수만 있다면 같은 잘못을 되풀이할 가능성이 높습니다.

하지만 개인 문화가 발달한 나라에서는
잘못이 개인적 신념이나 가치관, 도덕에 비추어 해석되기 때문에
잘못이 되풀이될 가능성이 비교적 낮습니다.

하루가 멀다 하고 각종 비리와 성 문란 사고가 보도됩니다.
사건 대부분은 수면 위로 표면화되었을 때 이슈가 됩니다.
따라서 드러나지 않는 수면 아래의 통계치를 끄집어낸다면
우리 사회의 도덕적 해이가 얼마나 심각할지 상상조차 할 수 없습니다.

어쩌면 사회의 문제의 심각성 이면에는 인문학의 실종이 자리하고 있습니다.
모두(冒頭)에 말한 대로 대인은 자기의 눈을 두려워합니다.
늘 푸른 인성으로 추상같은 가치관을 갖고 살아야 할 이유입니다.

흐르는 강물처럼 如流

집단 사고

춘천이 고향인 저는
성장할 때까지 감나무를 한 번도 본 적이 없습니다.
이야기 속에서 "감나무 아래 입을 벌리고 누워있다."라는 표현이 있고
보면
감은 처음부터 노란색으로 열리는 줄 알았고,
처음부터 물렁물렁한 줄 알았습니다.

중학교 때 충청도 땅을 처음 밟게 되었고
감이 처음에 푸른 색깔을 띤다는 사실이 놀랐습니다.
가을엔 나뭇잎이 다 진 후에 감만 주렁주렁 대형 꽃처럼 열려있는 것이
그렇게 신비로울 수가 없었습니다.

그런데 감은 물렁물렁한 것이 아니었습니다.
아주 단단하기 이를 데 없었지요.
만약 감나무 아래 입 벌리고 있는데 그 단단한 감이 떨어진다면
옥수수의 단체 퇴출이 발생하는 살벌한 현장이 될 텐데….

그건 일찍이 경험해 보지 못한 문화의 충격이었습니다.
우리는 겪어보지 못하고, 경험해 보지 못한 사실에 대하여
막연한 선입견을 갖고 살아갑니다.

그리고 들어왔던 대로 쉽게 믿어버리고 말지요.

어떤 사람이 중동을 여행하다가 아내를 위하여 보석 가게에 들렀습니다.
반지 하나를 사고 나오는데 상인이 붙잡으며 말합니다.
"둘째 부인, 셋째 부인 것도 사야지 하나만 사면 어떡합니까?"

바람둥이로 취급으로 불쾌한 여행자에게
옆에 있던 가이드가 이곳은 일부다처제라서 그런 것이라고 알려주었
습니다.
우리나라도 그리 머지않은 과거엔 일부다처제가 허용되던 시절이 있
었습니다.
그런데 일부일처제가 정착되고 나서 인식의 고정된 틀이
불쾌함으로 나타난 것이지요.

어떻게 생각하느냐 하는 것은 집단 사고(group think)에 영향을 받습
니다.
즉 의사 결정 과정에서 집단 구성원들이 집단의 응집력과 획일성을
강조하고, 반대 의견을 억압하여
비합리적인 결정을 내릴 수도 있다는 것을 의미하지요.
경험의 범주 외의 일에 대해서는
지나치게 믿는 데서 일어나는 착각과
집단적 합리화와 외부 집단에 대한 고정관념이 일어날 수 있고
획일적으로 동조하려는 사회적 압력이 작용할 수 있습니다.

흐르는 강물처럼 如流

그러니 공자님의 말씀에 귀를 기울일 필요가 있습니다.

"衆惡之必察焉 衆好之必察焉"

중오지필찰언 중호지필찰언

(모든 사람이 그를 싫어하더라도 반드시 살펴야 하고
모든 사람이 그를 좋아하더라도 반드시 살펴야 한다.)

· · · ·

먹 줄

법가의 대표 주자인 한비는 이런 말을 남깁니다.

"먹줄은 나무가 굽었다고 해서 구부려 사용하지 않는다.
또한 거울은 맑음을 지키는 데 아무런 제약을 받지 않아야
아름다움과 추함을 비교할 수 있고
저울은 균형을 지키는 데 아무런 제약을 받지 않아야
가벼움과 무거움을 있는 그대로 달 수 있다.
만약 거울이 움직인다면 대상을 밝게 비출 수 없고
저울이 움직인다면 대상을 바르게 달 수 없을 것이다."
이것이 바로 법인 것입니다.

세상을 중심을 갖고 살아가라는 의미일 겁니다.

한자로 법은 法이라고 씁니다.
그것을 해자(解字)하면 水와 去로 나뉩니다.
즉 물이 흘러가는 것이 법인 것이지요.

물은 인위적인 힘을 가하지 않는 한 아래로 흐르게 되어있습니다.
그것이 곧 순리이고, 세상을 살아가는 이치입니다.
법을 전혀 모른다고 하더라도 사람이 살아가면서
이치를 거스르지 않고 살아가면 곧 법을 지키며 사는 것이지요.
세상을 재는 잣대는 두 가지가 있습니다.
하나는 나를 재는 잣대이고, 또 하나는 남을 재는 잣대입니다.
대부분 나를 재는 잣대는 후하고, 남을 재는 잣대는 박하기 마련입니다.
남의 잣대에 엄격하면 내 탓보다 네 탓이 많아지고 결국엔 미움이 싹
트게 됩니다.
나의 잣대에 엄격해야 네 탓보다 내 탓이 많아지고 사랑이 싹터 평화
가 찾아옵니다.

나의 입장에 함몰되어 있으면 세상을 밝게 볼 수 없습니다.
따라서 세상의 안목으로 자신을 바라볼 수 있어야 합니다.
그래서 역지사지(易地思之)가 중요합니다.
남의 관점에서 자신을 바라보라는 것이지요.

나의 잣대로는 세상의 주인공이 될 수 없습니다.
나와 더불어 세상의 잣대를 제대로 활용할 수 있는 사람만이
세상의 주인공이 될 수 있지요.

흐르는 강물처럼 如流

내가 하면 로맨스고, 남이 하면 불륜이라고 말하지만
남이 해서 불륜이면 내가 해도 불륜임에는 틀림없는 것이니까요.

• • • •

휴 식

춘천댐에서 유년을 보낸 저는
가끔 고기잡이배를 타고 놀았던 기억이 있습니다.

한가함이 묻어나는 오후, 찰싹거리는 작은 파도 소리와
고즈넉한 작은 일렁임에 몸을 맡기고
쏟아지는 햇살 아래 누워 지나가는 바람을 맞으며
세상일에 쓸데없는 생각을 잠시 내려놓아 봅니다.

포근하고 안락함, 편안함에 눈이 저절로 감기고
맑은 정신에 이완된 몸과 마음이 그리 평화로울 수 없습니다.
스마트폰에 자지러지게 울어대 갑자기 나를 현실 세계로
소환하기 전까지는 말이지요.
순간 파도 소리, 투명한 햇살, 따사로움 등의 자연에서 깨어
현실을 좇아 뛰고 있는 자신을 발견합니다.

우린 가진 것이 족하다고 느껴지지 않아서
쥐꼬리만 한 사회적 권위와 위치에 함몰되어서
쉴 새 없이 쫓기듯 살아가는 경우가 많습니다.

가끔은 모든 것을 내려놓고 온전히 쉴 수 있어야 합니다.
물론 쉼이 길면 멈춤이 되겠지만
삶 속에서 깊은 휴식만큼 큰 힘을 주는 것은 없습니다.

프랑스에선 1년을 여름휴가를 위하여 일을 합니다.
일의 목적이 온전한 휴식에 있는 것이지요.
우리나라는 OECD 국가 중에서 대체로 긴 시간 일을 합니다.
그리고 일 속에서 너무 여유 없이 살지요.

지금 컴퓨터 모니터를 끄고
복잡하고 소란스러운 일터를 벗어나
잠시라도 다 놓고, 다 잊고 쉴 수 있기를 바랍니다.

사람은 산에 걸려 넘어지는 것이 아닙니다.
작은 개밋둑에 걸려 넘어지는 것이지요.
열심히 달려온 결과 성공을 이루었다고 하더라도
건강을 잃으면 아무런 의미가 없는 것이니까요.

흐르는 강물처럼 如流

· · · ·

폴레폴레

사회의 언어를 들여다보면 그 사회의 참모습이 보입니다.
아프리카 사람들이 가장 즐겨 사용하는 말은
"폴레폴레(천천히 천천히)."
"하쿠나 마타타(괜찮아)."라고 합니다.
그들은 늘 이 말을 입에 달고 살지요.
어쩌면 이 말의 진정성이 삶의 여유로움을 만들었는지 모릅니다.

얼마 전까지만 해도 "~ 죽겠네."라는 표현을 많이 썼습니다.
배가 고파도 배고파 죽겠네.
배가 불러도 배불러 죽겠네.
보고 싶어도 보고 싶어 죽겠네.
보기 싫어도 보기 싫어 죽겠네….
윤회 사상으로 사생관이 가벼운 덕이라고 치부하기에는
그 표현이 속되고 경박합니다.
개그맨 이혁필이 『세상을 바꾸는 15분』이라는 프로에 출연하여 한 말
입니다.
그는 개콘에서 영국의 귀족 루이 윌리엄 세바스찬 2세로 나왔습니다.
그 프로에서 "나가 있어!"라는 유행어를 만들어 내지요.
결과는 그 말대로 어느 순간에 개콘에서 자신이 나와있더라는 것이
지요.

이상하게도 말은 하는 대로 이루어지는 경향을 보입니다.

지금 나는 어떤 말을 가장 많이 하고 사는가 돌아볼 필요가 있습니다.
그 말이 모여 내면화되면 인격으로 굳어지기 때문입니다.
질서를 많이 외치는 사회는 실은 질서가 지켜지지 않는 사회이고
웰빙을 외치는 사회는 웰빙이 지켜지지 않는 사회입니다.
요즘 유행가를 보면 온통 사랑 타령입니다.
어쩌면 그 이면에는 사랑의 결핍이 자리하고 있는지도 모를 일이지요.

하여튼 말이 중요합니다.
『명심보감』에 이런 말씀이 나와있습니다.
    "구시상인부(口是傷人斧) 언시할설도(言是割舌刀)
    폐구심장설(閉口深藏舌) 안신처처회(安身處處牢)"
    입은 사람을 다치게 하는 도끼요.
    말은 혀를 베는 칼이다.
    입을 막고 혀를 깊이 감추면
    몸이 어느 곳에 있어도 편안할 것이다.

또 이런 말씀도 있습니다.
    "수구여병(守口如甁) 방의여성(妨義如城)"
    입을 지키되 병마개를 닫은 것과 같이하고
    의로움을 쌓되 성처럼 견고하게 하라.

흐르는 강물처럼 如流

· · · ·
지 금

인생의 마지막에서 남기는 유언이나 유서에는 대부분
좀 더 사랑하지 못했던 것에 대한 아쉬움
좀 더 베풀지 못하고 살았던 것에 대한 회한
좀 더 진정성을 갖고 살아오지 못한 것들에 대한 후회가 담겨있습니다.

어느 사람도
'왜 좀 더 챙기고 살지 않았을까?
왜 좀 더 높은 권력을 잡지 못했을까?
왜 좀 더 재물을 모으지 못했을까?'에 대한 후회를 남기는 사람은 없
습니다.

모든 것을 놓아야 하는 시점에
무욕으로 얻은 깨달음은 매우 가치 있는 것이지만
그 깨달은 진리를 실천하려고 해도
남은 인생이 짧아 기회가 주어지지 않습니다.

우리 인간은 참으로 무수한 기회를 날려버리고 맞이하는 쓸쓸한 후
회를 반복하는
어리석은 존재일는지 모릅니다.

지금은 고인이 된 로빈 윌리엄스가 열연한 「죽은 시인의 사회」에서
키팅 선생님은 다음과 같이 이야기합니다.
"Carpe Diem(카르페 디엠, 라틴어)!"
'현재를 즐겨라. 내일이란 말은 최소한만 믿어라.'라고 풀이하지만
이는 지금 할 수 있는 일을 하라는 뜻으로 해석할 수 있습니다.

현재 시점에서 할 수 있는 일을 지금 해야 합니다.
사랑하는 사람이 있다면 후회를 남기지 않도록 지금 사랑한다고 이
야기할 수 있어야 하고
감사한 사람이 있다면 지금 감사의 표현을 해야 합니다.
지금 순간 자체를 소중히 여겨야 하지요.

"성년부중래(盛年不重來)"라고 했습니다.
"젊음은 일생에서 두 번 오지 않는다."라는 말씀이지요.
또한 "일일난재신(一日難再晨)"이라는 말씀도 있지요.
"하루에 새벽이 두 번 오지 않는다."라는 말씀입니다.

어찌 되었거나 세월은 사람을 기다리지 않습니다.
과거, 현재, 미래는 한자어에서 온 말입니다.
즉 미래를 표현할 수 있는 순수 우리말은 없습니다.
오늘의 일을 내일로 미루지 말라는 선조들의 깊은 뜻이 있는 것은 아
닐까요?

　　　　　　　　　흐르는 강물처럼 如流

올바른 방법으로 사랑해야 합니다

"칭찬은 고래도 춤추게 한다."라는 말이 있습니다.
물론 비난보다는 칭찬이 세상을 이롭게 하는 것임에는 틀림이 없지만
칭찬만으로는 발전을 가져올 수 없습니다.

지나치게 칭찬 일변도는 성장의 덫이 될 수 있다는 것이지요.
초등학교 때 성의 없이 그린 그림에 대하여 칭찬으로 일관한다면
그 아이는 어른이 되어서도 초등학교 수준을 벗어날 수 없습니다.
건강한 비판과 적당한 책망이 아이의 성장에 도움이 됩니다.

"아이의 문제는 모두 부모의 문제이다."라는 말씀이 있습니다.
집안에 말썽꾸러기나 문제아가 있을 때
먼저 반성하고 변해야 할 사람은 아이가 아니고 부모입니다.
얼마 전 『우리 아이가 달라졌어요』라는 TV 프로가 있었습니다.
그 속내를 자세히 들여다보면
아이가 달라진 것이 아닙니다. 부모의 양육 방법이 달라진 것이지요.

조건 없이 사랑하는 것이 모든 부모의 공통적인 사랑 방법이지만
사랑도 올바른 방법으로 해야 합니다.
모든 것을 제멋대로 하도록 내버려 두거나 오냐오냐하는 양육 태도는
아이를 성장시키는 것이 아니라 오히려 아이를 병들게 합니다.

충분한 관심과 사랑을 갖고 인내심을 갖고 지도해야 하고
온화하지만 원칙을 지키되 기분에 따라 바뀌어서는 안 되고
잘못된 행동에 대해서는 단호하게 혼을 내야 합니다.
다만 혼낼 때 부모의 사랑을 알도록 해야 한다는 것이지요.

요즘 사회적으로 청소년기의 아이들이 물의를 빚는 경우가 많습니다.
분노조절 장애를 겪는가 하면, 무분별한 행동으로 인한 갈등
과격하고 극단적인 행동장애…
이 모두가 무조건적인 왜곡된 사랑의 결말일 수 있습니다.

요즘 학교엔 무서운 스승이 없습니다.
사랑의 매를 드는 것은 이미 고전에 속한 일이고
약간의 얼차려에도 인내하지 못하고 극단적인 선택을 하는 아이도 있
습니다.
열심히 지도하려는 교사는 날개가 꺾이고, 심지어 법의 심판대에 오
르기도 합니다.

아프지 않고 크는 나무는 없습니다.
흔들리지 않고 피는 꽃도 없지요.
그러니 아이들이 아파보지 않고,
흔들려 보지 않고 성장하도록 방치하면 안 됩니다.
그 중심엔 올바른 방법으로 사랑하는 부모가 있어야 합니다.
문제는 사회의 교육적 몰가치 속에서
일선 교사의 한 사람으로서

흐르는 강물처럼 如流

교육적 판단과 행동 이전에
복지부동과 무사안일에 빠져있게 만든 사회가 안타깝고
그 분위기에 편승하여 사는 것 같아 부끄러운 아침입니다.

• • • •

터키 행진곡

그건 아마도 그녀 때문일 겁니다.

시골 학교에서 풍금 소리만 듣고 자랐던 저에게는 피아노라는 물건은
무척 신기했습니다. 자라서 생각해 보니 피아노와 풍금은 모두 건반악
기에 해당하지만, 피아노는 타악기에 가깝고 풍금은 관악기에 가깝지
않나 하는 생각을 합니다. 지금은 피아노에 밀려 풍금이 거의 사라져
골동품 가게나 박물관에 가야 볼 수 있는 물건이 되어버렸지만, 개인적
으로는 분절음의 피아노보다는 연결음의 풍금 소리가 더 좋습니다.

중학교 2학년 까까머리를 하고 얼굴에 여드름 훈장을 달고 다니던 시
절, 교회에서는 문학의 밤이라는 행사를 했습니다. 막 들여놓은 피아노
를 연주할 사람이 없어 다른 교회에서 반주자를 빌려다 행사를 치러야
했습니다. 연극도 하고, 노래도 부르고, 시 낭송도 하고, 여러 가지 준
비한 것들을 발표하는 자리였는데 지금은 그때 내가 무엇을 맡았었는

지 전혀 기억나지 않습니다.

　다만 또렷이 기억하는 것은 「터키 행진곡」이라는 피아노곡입니다. 그 당시 그 곡을 연주한 학생은 중3이었고, 도회지에서 발표 때문에 일주일 정도 버스를 타고 시골 교회로 들어왔습니다. 정갈한 교복에 하이얀 칼라, 가늘고 긴 목덜미에 갸름한 얼굴, 선하게 생긴 눈매에 도톰한 입술, 사춘기 시절 알 수 없는 열병이 시작된 것이지요. 그녀는 노란색 피스에 악보를 담아 와서는 말없이 피아노 앞에 앉아 「터키 행진곡」을 연주하곤 했습니다. 제법 빠른 곡인데 그녀의 손이 피아노 위에서 미끄러질 때마다 악보가 피스에서 걸어 나와 살아서 춤추는 듯한 느낌을 받곤 했습니다.

　약 3분이 넘는 연주 시간인데 그녀가 피아노 앞에서 일어날 때까지 아무것도 할 수 없었습니다. 아마도 음악에 심취한 것이 아니라 그녀에 취해 있었던 것 같습니다. 일주일 동안 터키 행진곡을 듣다 보니 그녀가 어느 부분에서 잘못 연주했는지 알 정도로 거의 음을 외우다시피 했는데 정작 그녀에겐 말 한마디 건네보지 못했습니다.

　그렇게 꿈과 같은 일주일이 흘렀습니다. 발표를 마지막으로 문학의 밤이 끝났다는 것보다는 이젠 더 이상 그녀를 볼 수 없다는 것이 참으로 슬펐습니다. 어쩌면 저의 첫사랑은 이렇게 표현도 해보지 못한 채로 무대 위에서 쓸쓸하게 내려와야 했습니다.

　지금도 「터키 행진곡」을 들으면 50년 전의 그 시절이 떠오릅니다. 기억은 많이 퇴색되었지만 내 인생의 가장 아름다운 한때였다는 것엔 틀림이 없으니까요. 그녀도 이순을 넘긴 나이가 되었겠군요. 그녀의 소원대로 피아니스트가 되었던지, 아니면 아이를 한두 명 낳은 아줌마가 되었던지 어느 하늘 아래서 고운 모습으로 늙어가겠지요. 아마도 그녀는 모를 것입니다. 저의 마음속에는 중3 꽃다운 나이로 「터키 행진곡」과 함께 추억 속에 접혀있다는 사실을 말이지요.

「터키 행진곡」은 모차르트 작품으로 그의 피아노 소나타 11번 3악장에 실려있습니다. 원래 터키풍의 론도 느낌이지만 경쾌하고 밝은 느낌이 행진곡 같다고 해서 터키 행진곡이라고 불리게 된 곡이지요. 모차르트는 1778년 여름 파리에서 20여 곡의 피아노곡을 작곡했는데 그중에서 가장 유명해진 것이 이 곡이 아닐까 합니다.

지금도 레코드 가게 앞을 지날 때 우연히 「터키 행진곡」이 나오면 자연스레 발길이 멈추는 것은, 내가 빠져있었던 것이 단순한 음악 하나만은 아니기 때문일 겁니다.

· · · ·
아궁이

온돌은 따뜻할 온(溫) 자에 굴뚝 돌(突)을 씁니다.

굴뚝 돌 자를 파자(破字)하면 구멍 혈(穴)과 개 견(犬)으로 나눠지요.

즉 구멍이란 여기서는 아궁이를 의미하는 것이고요.

옛날엔 변변한 개집도 없이 개를 놓아 기를 때

추운 겨울 개들이 온기를 찾아 추위를 견디는 데는 아궁이만 한 곳
이 없었을 것입니다.

어릴 적엔 시골 토담집에 살았습니다.

흙으로 빚어 만든 집이라 벽면이 울퉁불퉁하기도 했고

집이 낮아 기지개를 켤라치면 손이 천장에 닿기도 했으며

부엌 위쪽에 다락방을 만들어 이불이나 허드레 물건을 넣어두기도 했고

다락방 문에는 국회의원 얼굴이 인쇄된 달력이 사시사철 붙어있곤 했
습니다.

부엌 쪽으로 낸 쪽문에는 고양이 문을 뚫어놓기도 하였고

겨울이면 윗목에 수수깡으로 우리를 만들어 고구마를 가득 채워놓기
도 했지요.

그 고구마는 겨우내 질화로 속에서 군고구마로 환생하거나

날것으로 깎여 훌륭한 간식이 되었습니다.

흐르는 강물처럼 如流

얇은 창호지 하나로 밖의 추위를 견디어 내야 하는 집 구조 덕에
추운 겨울에는 윗목에 놓아둔 걸레가 어는 것은 기본이고
대접에 떠 놓은 물이 꽁꽁 얼기도 했습니다.

댓돌에 놓인 신발이 영하의 날씨에 얼어붙어서
부뚜막 위에 얹어 따뜻하게 녹인 신을 신고 등교하는 길엔
따뜻한 발만큼 어머니의 따뜻함이 느껴지곤 했습니다.

그 시절을 가장 따뜻하고 아름답게 추억하게 하는 것은 아마도 아궁
이일 것입니다.
혀를 날름거리며 타들어 가는 장작불 앞에서
부지깽이로 불을 조절하며 느끼는 따뜻함은
주변에 있는 사람에게 정감 어린 대화로 익어가게 마련이어서
누구라도 다정다감한 인성이 길러지게 마련입니다.

어쩌면 시골에서 청춘 남녀의 데이트 장소 역시
아궁이 앞보다 좋은 곳은 없었을 테니까요.
요즘, 스위치나 버튼 하나로 모든 것이 해결되는 세상
어찌 보면 과정의 소박함이 존재하는 풋풋하고 따뜻함을 배우기에는
시골의 온돌을 덥히는 아궁이 앞 문화만 한 것이 없다고 생각합니다.

난로가 없어 노변정담도 함께 사라진 지금
돌전정담(突前情談, 아궁이 앞의 정담)을 이야기하는 것이 생뚱맞긴 하지만
디지털로 위로받을 수 없는 아날로그의 푸근함을 생각합니다.

마음의 문을 먼저 열어도 쉽게 들어오려고 하지 않는 세상이고 보면
가끔은 주변과 함께했던 옛 시절이 그립습니다.

. . . .
침묵의 미학

교사가 되고자 마음먹은 순간부터
말을 잘하는 사람이 무척 멋스럽게 보였습니다.
어쩌다 연수에 강사로 초빙되어 연단에 섰을 때
남에게 깊은 감명을 주는 명강사의 멋스러운 멘트가 그리 부러울 수
가 없었습니다.

그래서 어떻게 하면 말을 잘할 수 있을까 고민하고
내 속에 뭉뚱그려 있는 생각을 어떻게 하면 잘 끄집어낼 수 있을까에
만 골몰해 온 것이 사실입니다.

그러나 아무리 고르고 고른 언어라고 할지라도
전달되는 순간 청자의 마음가짐에 따라 의미가 변질되고
오해의 소지를 남겨 소화불량이 된 언어의 뭉치를 발견하곤 합니다.

돌이켜 생각해 보면

흐르는 강물처럼 如流

너무나 많은 말을 해 온 것 같은 생각이 듭니다.
마음속에 품은 생각이 언어를 통해 외부로 표출되는 순간
모든 것을 진솔하게 담아내기엔 너무나 부족하다고 생각합니다.

자주 날아다니는 새는 그물에 걸릴 가능성이 높고
가벼이 움직이는 짐승은 화살에 맞을 가능성이 높습니다.
말을 많이 하는 사람도 그만큼 허물을 만들 가능성이 높은 것이지요.

요즘 소통의 도구는 너무 많이 널려있는 것이 문제입니다.
카톡으로부터 마이피플, 각종 메신저, 문자에 밴드까지….
쉴 새 없이 떠들어대고 조잘대고 문자를 날리면서 살아가는 것이
현대인들의 자화상입니다.

그리고 요즘 연인들의 이별 0순위는
카톡이나 문자를 통해 연락을 취했을 때 즉문즉답(卽問卽答)이 이루
어지지 않는 것이라고 합니다.
그러다 보니 정제되지 않는 마음, 걸러지지 않은 글들이 만연하여
시도 때도 없이 상대방에게 상처를 주기도 합니다.

가끔은 입을 여는 것보다 침묵하는 것이 더 값질 때가 있습니다.
우린 소리 나는 시내[川]보다
진중함으로 침묵으로 하늘을 이고 산을 닮아가는 강(江)이 되어야 합니다.

깊은 강은 소리가 없습니다.

강원도아리랑

내 고향은 김유정의 문학 혼이 살아있는 춘천입니다.
그의 소설 『봄봄』에는 동백꽃이 등장하지요.
이 동백꽃은 봄에 피는 남도의 꽃이 아니라
껍질을 벗기면 생강 냄새가 나는 생강나무를 의미합니다.

「강원도아리랑」에는 다음과 같은 구절이 있습니다.
"열라는 콩팥은 왜 아니 열고 아주까리 동백은 왜 여는가?"

콩팥의 성장을 저해하는 것은 바랭이나 망초 쇠비름… 등등의 풀인데
생뚱맞게 아주까리와 동백을 원망하는 것이 좀 이상하지 않나요?
아주까리는 피마자로서 콩밭에 심는 것이 아니며
동백나무(생강나무)는 아예 산에서 크는 나무인데 말입니다.

피마자 열매나 생강나무 열매는 머리에 바르는 기름을 짤 수 있습니다.
열라는 콩팥은 왜 아니 여느냐는 말에는
흉년이 들어 생활이 어려운 민초들의 삶의 애환이 들어있는 것이고
아주까리 동백은 왜 여는가는
가을이 되어 아주까리 동백의 열매가 맺히면
그 열매로 머릿기름을 만들어 바르고는 동내 처녀가 도회지로 나갑니다.
그러니 그 노래에는 풋풋한 처녀를 도회지로 보내야 하는 총각의 서

흐르는 강물처럼 如流

러움이 담겨있는 것입니다.

농촌에서 나고 자랐기에 농촌 현실이 얼마나 어려운지 잘 압니다.
젊은이들이 사라진 마을에서
근근이 버텨온 질곡의 삶이
도시화란 폭풍을 만나 난파 직전에 있는 현실을 봅니다.

아무리 정보화시대에 첨단으로 무장한 사람일지라도
농업으로 인한 결과물을 먹지 않고는 살아갈 수 없습니다.
국경이 흔적기관으로 퇴화하고 있는 현실 앞에서
이제 식량 주권을 심각하게 생각해야 합니다.

우리나라 식량 자급률이 22.6%라고 합니다.
주식인 쌀을 제외하면 겨우 5%밖에 안 된다는 현실을 직시해야 합니다.
농촌과 농민을 홀대하는 참으로 이상한 사회가 되어선 안 되는 것이
지요.
흙에서 태어나 흙으로 돌아간다는 정서적 이유가 아니라
급변하는 기후변화 속에서 살아가야 하는 우리 생존의 문제이기 때
문입니다.

• • • •
태백산을 오르며

　양의 동서를 불문하고 세월의 고금을 불문하고
　신에게 제사를 지내는 곳은 대부분 높은 곳에 있다는 공통점이 있습
니다.
　높은 곳의 희구는 아마도 땅에 붙어 사는 인간의 원초적 욕망일지 모
릅니다.

　1월 말 겨울의 정점에서 천제단이 위치한 태백산에 올랐습니다.
　천년 세월을 굳건히 지켜낸 주목 군락지를 지나면
　등걸 하나 가지 하나에도 세월의 무게가 느껴집니다.

　산 정상부….
　모진 바람에 높이 성장하지 못하고
　땅에 붙어 자란 철쭉의 군락이 이색적인 풍광을 연출하고
　천제단에 켜켜이 쌓아 놓은 돌, 마른 풀포기, 가지에 매달린 상고
대….
　어느 하나도 소중하지 않은 것이 없다는 생각을 합니다.

　1월치고는 날씨가 너무 좋아
　투명한 햇살의 살랑거림이 등산객의 마음을 어루만지고
　바람 한 점 없이 포근한 정상의 쾌청한 날씨는

일망무제의 풍광을 안겨주었습니다.

높은 산에 오르면 멀리 인간세의 자동차가 점점으로 보이고
삶의 터전인 대형 아파트도 성냥갑처럼 보입니다.
아울러 질곡으로 점철된 우리의 삶도
그 무게감이 작게 보이는 너른 마음을 갖게 됩니다.

그것이 우리가 삶의 무게를 지고 산을 오르는 이유이고
도인을 닮은 산의 품에 안겨 시름을 내려놓고
홀가분하게 산에서 내려오는 이유일 것입니다.

산 아래 당골에서는 눈축제가 벌어지고 있었습니다.
여러 나라 작가가 만들어 놓은 갖가지 눈 조각들이 관광객을 맞이하
고 있었지요.
그냥 범인의 눈으로 보기에는
인간의 손길로 만들어 놓은 조각상보다
자연이 주는 멋스러운 풍광이 훨씬 더 아름답다는 생각을 했습니다.

힘은 들었지만 제가 산에 가는 이유는 고차원적이고 철학적인 이유
가 있어서가 아니라
그건 아마도 산이 주는 고즈넉함과 아늑함, 평안함과 여유로움 때문
일 겁니다.

봄은 설렘입니다.

버들개지의 뽀얀 솜털과

한껏 물이 올라 빨갛게 물든 나뭇가지와

곧 꽃망울을 터뜨리려 한껏 본 꽃봉오리….

눈에 밟히는 것 하나하나가 경이롭지 않은 것이 없습니다.

제4장

봄은 설렘입니다

순 수

이모티콘이 유행하는 세상입니다.

위의 이모티콘이 의미하는 것이 무엇인지 아시나요?
사랑하는 연인이 나란히 앉아서 별을 바라보고 있는 그림입니다.
어쩌면 사랑한다는 것은 마주 보는 것이 아니라
한 방향을 같이 보고 있는 것이란 생각이 듭니다.

인간의 눈처럼 불완전한 것도 없습니다.
어떤 사물이든 어느 방향에서 보느냐에 따라 다르게 보이기 때문입니다.
아름답거나 추하거나, 날카롭거나 부드럽거나가
그 사물의 속성일 수도 있지만 보는 시각에 따른 해석에 영향을 받기
도 합니다.

사람을 봅니다.
그 사람의 본질은 변함이 없는데도

우린 자기가 보고 싶은 방향으로 판단합니다.
어쩌면 그 속에는 그 사람에 대한 선입견과
나와의 사회적 관계 속에서의 손익관계가 들어있는지도 모릅니다.

옳고 그름이라는 것도 절대적인 가치가 아니라
자신의 이익을 앞세운 가치편향적인 판단일 수 있습니다.
그래서 어디를 어떻게 보느냐 하는 것은 참으로 중요합니다.

우리가 즐겨 사용하는 돈 또한 가치중립적인 것입니다.
그 속에는 선도 악도 들어있지 않지요.
하지만 그 돈을 어떻게 사용하느냐에 따라서 선도 되고, 악도 됩니다.

축구 경기를 합니다.
양쪽 골대는 크기가 같지만
공격수에게는 골대가 작아 보이고
수비수에게는 골대가 넓어 보입니다.
이는 골대의 크기가 문제가 아니라 마음의 상태가 문제인 것이지요.

우린 가치중립적인 사고를 할 수 있어야 합니다.
어떻게 바라보느냐 하는 것의 절대성을 확립할 수는 없겠지만
적어도 자기 자신에 함몰되어 사는 편협함에서는 벗어나야 합니다.

계곡물이 흐르는 것은 뜻이 있어서가 아닙니다.
햇빛이 저리 찬란한 것도 어떤 의도가 있어서가 아니지요.

흐르는 강물처럼 如流

하지만 물과 햇빛은 온갖 생물을 키워냅니다.
우리의 사랑도 그런 것이어야 하지요.
계산하지 않고 무진장한 겸허 속에서 이루어지는 무위의 최고봉의 경지,
작위적이지 않은 순수가 세상을 이롭게 합니다.

. . . .
행복한 가정

생텍쥐페리의 『어린 왕자』에는 다음과 같은 구절이 나옵니다.

> "만약 어른들에게
> '창가에는 제라늄 꽃이 피어있고,
> 지붕에는 비둘기들이 놀고 있는 아름다운 분홍빛의 벽돌집을 보
> 았어요.'라고 말하면
> 그들은 그 집이 어떤 집인지 관심도 갖지 않는다.
> 하지만 그들에게 '몇십만 프랑짜리, 몇 평의 집을 보았어요.'라고
> 말한다면
> '아, 참 좋은 집이구나!' 하고 감탄하며 소리친다."

위에서 말한 집은 House의 개념입니다.
겉모양을 중심으로 판단한 결과이지요.

하지만 우린 집을 Home이란 개념으로 보아야 합니다.

따뜻함과 사랑, 배려와 감사가 있는 속내를 보아야 하지요.

그래서 Sweet Home이란 표현은 있어도 Sweet House라는 표현은 없는 것입니다.

사람 대부분은 최선의 탐색을 통하여 배우자를 선택합니다.

세상엔 완전무결한 사람은 없음을 알면서도

자신도 부족함이 많으면서도 상대방은 완전하기를 바라는 것이 인간입니다.

살다 보면 장점보다는 단점이 보이게 마련입니다.

사랑의 감정으로 넘쳐났던 호르몬의 분비가 줄어들고 나면

콩 껍질이 떨어지고 난 후의 공허함이 자리하기 쉽지요.

어쩌면 따뜻한 가정은 배우자가 제공하는 것이 아니라

내가 만들어 가는 것입니다.

이제 막 배밀이를 시작한 어린이도 상대방이 나를 사랑하는지 미워하는지를

너무나 잘 인식하고 있습니다.

세월이 지날수록 단단히 여물은 사랑을 완성하기 위해서는

충만한 사랑으로 상대방을 존중해야 합니다.

대궐같이 넓은 집에 정원사와 집사와 가사도우미를 두고 살아간다고 하더라도

사랑이 없으면

흐르는 강물처럼 如流

조그만 단칸방에 소꿉놀이처럼 알콩달콩 살아가는 사람보다
행복하다고 이야기하기는 어려울 것입니다.
물론 대궐 같은 집에 살면서 행복하게 사는 것이 금상첨화겠지만 말
입니다.

세상엔 참으로 많은 다양성이 존재하지만
종국에는 내가 만들어 가는 세상에서 살아가는 것입니다.
그러니 내 마음이 예쁠수록 세상도 아름다워짐을 생각할 필요가 있
습니다.

．．．．
행 복

자연 상태에서 대지는 울퉁불퉁합니다.
인위적인 힘을 가하지 않고는 평평해지는 것이란 사실상 불가능하지요.
세상도 원초적으로 불평등합니다.

우린 가끔 왜 재벌가의 자녀로 태어나지 못했을까?
왜 훌륭한 외모와 멋진 모습을 가진 채로 태어나지 못했을까?
가끔은 조상과 부모를 탓하기도 합니다.
인종과 국가, 지역과 부모는 태어나는 사람에겐 선택권이 없었으니까요.

남들보다 아파트 평수가 작아서 불행한가요?

집 한 채 없이 풍찬노숙하며 추위와 더위에 고생하는 사람도 많답니다.

남들보다 타고 다니는 차가 작아서 불행한가요?

삼 일 걸리는 거리를 오로지 두 발로 걸어서 다녀야 하는 사람도 많답니다.

신발장에 가득 찬 구두가 있는데도 신을 신발이 없어 불행한가요?

다 떨어진 신발도 없어 맨발로 생활해야 하는 사람도 있답니다.

식탁에 놓인 여러 반찬이 입맛에 맞지 않아 불행한가요?

한 조각 빵을 구하지 못해 아사 직전에 있는 사람도 있답니다.

사실 주변에 있는 모든 조건을 하나하나 뜯어보면

대한민국이라는 비교적 잘사는 나라에 태어나서 20평 넘는 집에 살며

자가용을 굴리고, 먹고사는 문제에서 벗어나 있고,

학교를 마음대로 다니고 있으며, 깨끗한 물을 먹을 수 있다면

그건 세계의 인구 속에서 20% 안에 드는 아주 잘 사는 사람에 속하는 겁니다.

그런데도 자살률이 OECD 국가에서 1등을 달리고 있으며

국민의 행복지수를 물어보면 거의 밑바닥을 헤매고 있습니다.

많은 사람은 돈이 많으면 행복해질 것이라는 막연한 기대를 하고 있습니다.

물론 행복의 가장 필수적인 요소는 중산층 정도는 살아갈 돈임에는

틀림이 없습니다.

하지만 조사에 의하면 500만 원 이상 버는 사람들은
그 이상 벌어도 행복도 향상에는 도움이 되지 않는다고 합니다.
물론 가난에서 벗어나게 하는 돈은 우리를 행복하게 하지만
돈이 계속하여 사람을 행복하게 만들지는 못합니다.

처음에 차를 사면 아주 행복해집니다.
수시로 나가서 차를 보고 닦고 광내고…. 기쁨에 차 있게 되지요.
하지만 익숙해지고 나면 그것을 당연한 것으로 받아들입니다.
즉 쾌락 적응이 일어난 것이지요.
우린 생활의 전반에 걸쳐 이 쾌락 적응의 원리 때문에 행복을 길게
유지하지 못하게 됩니다.

그러나 가끔은 생각해 봐야 하지요,
내가 누리고 있는 것의 소중함을 말이지요.
춘천교도소에 위문공연 갔을 때의 재소자들을 생각합니다.
나의 자유 의지대로 문밖출입할 수 있다는 것
마음껏 하늘을 볼 수 있다는 것
만나고 싶은 사람을 만나고 먹고 싶은 것을 먹을 수 있다는 것
이런 소소한 것들이 감사의 조건이 된다는 것을 생각해야 합니다.

행복은 내가 가지고 있는 것과 원하는 것의 크기와 관련이 있습니다.
가지는 것을 늘리는 것이 쉽지 않다면 원하는 것을 줄이면 되지요.
결국 행복은 외연적 사물이 주는 것이 아니라

내면적 심리적 안정감이 가져다준다는 평범한 사실임을 느낄 수 있어
야 합니다.

· · · ·
겨울 풍경

겨울엔 눈 쌓인 풍경이 제격입니다.
전나무 위에 소담스럽게 쌓여 역삼각형 모양을 한 모습은
겨울을 지키는 파수꾼의 멋스러움을 닮았습니다.

눈이 내리면 학교 운동장에서 눈을 주먹만 하게 뭉쳐 눈싸움을 하기
도 했지요.
싸움이란 단어는 상당히 불유쾌한 단어지만 앞에 눈이 붙는 순간
정다운 단어로 탈바꿈됩니다.

또한 눈의 속성상 매우 차가운 것임에도
눈이 덮인 것을 포근하고 따듯하다고 표현합니다.
그건 단단하지 않고 푹신한 성질이 있기 때문일는지 모르고
눈 속에 우리 어릴 때의 추억이 자리하고 있기 때문인지 모릅니다.

아이젠을 착용하고 겨울 산을 오릅니다.

흐르는 강물처럼 如流

마른 나뭇가지와 갈색 잎은
지난날의 이야기를 바스락거림으로 속삭입니다.
어쩌면 이런 가냘픔이 나무와 풀들이 시린 겨울을 맞이하는 자세이
기도 하지요.

봄부터 여름까지 소중하게 키워왔던 잎들을 세상으로 돌려보내고
다 내려놓고 가벼워진 모습으로 겨울나기를 하는 나무의 모습은
겸손한 구도자의 모습을 닮았습니다.

불가에서 가장 어려운 것이 자신을 내려놓는 것이라고 합니다.
욕심의 지배에서 벗어나
무념무상의 경지에 다다르는 것이 참으로 힘들다는 것이지요.

겨울 참새들이 지저귀고, 한껏 눈을 이고 있는 풍경이야말로
여백이 널찍한 한 폭의 동양화를 닮았고
그 속에 세상을 내려놓고 무념무상으로 살아가고자 하는
외로운 나그네의 모습 또한 겨울의 밑그림이 됩니다.

해변에 깔린 조개껍데기를 모두 다 주울 수는 없습니다.
아니 주운 조개껍데기가 적을수록 그것은 더 예뻐 보이게 마련입니다.
우리를 가난하게 만드는 것은 재물이 아니라 욕심이기 때문입니다.

• • • •
우리 것을 소중히…

우리나라 대중가요가 K-pop이라는 명칭을 달고
세계로 뻗어 나가 한류 바람을 일으키고 있고
외산 제품에 비하여 국산품이 품질이 우수한 시대에 살고 있음에도
식민사관의 영향인지 우리 것에 대한 자긍심이 부족한 경우가 많습니다.

진정한 민족주의자이며 애국자인 김구 선생님은 문화강국론에서
다음과 같은 주장을 합니다.

"나는 우리나라가 세계에서 가장 아름다운 나라가 되기를 원한다.
가장 부강한 나라가 되기를 원하는 것은 아니다.
내가 남의 침략에 가슴이 아팠으니,
내 나라가 남을 침략하는 것은 원치 아니한다.

우리의 부는 우리 생활을 풍족히 할 만하고,
우리의 힘은 남의 침략을 막을 만하면 족하다.
오직 한없이 가지고 싶은 것은 높은 문화의 힘이다.
문화의 힘은 우리 자신을 행복하게 하고,
나아가서 남에게도 행복을 주기 때문이다.

나는 우리나라가 남의 것을 모방하는 나라가 되지 말고

흐르는 강물처럼 如流

이러한 높고 새로운 문화의 근원이 되고, 목표가 되고, 모범이 되기를 원한다.
그래서 진정한 세계의 평화가
우리나라에서 우리나라로 말미암아 세계에 실현되기를 원한다."
                                        - 김구의 문화강국론에서

입에 풀칠하기도 어렵고, 나라도 없이 떠돌던 힘없고 초라한 나라의 가난한 지도자가 이런 안목을 가지고 있었다는 것이 놀랍습니다.

요즘은 외국 콩쿠르에서 입상해야만 인정해 주고
외국의 유명한 음대를 졸업해야만 돈을 버는 세상입니다.
외국의 작곡가는 탄생 100주년이다, 200주년이다 하며 부산을 떨면서
우리나라 유명한 작곡가는 망각으로 일관하는 세상이기도 하지요.

우리나라의 청소년들이 대부분 외면하는 판소리 공연에서
언어를 제대로 알아듣지 못하는 외국인이
감동으로 눈물을 흘리는 경우를 봅니다.
비단 판소리만 그러한 것이 아니지요. 우리 것의 소중한 가치를 인식할 수 있어야 합니다.

물론 무조건 외국의 것이 좋다는 것도 옳지 않지만
무조건 우리 것이 좋다는 것도 옳지 않습니다.
하지만 우리 것은 우리가 지키지 않고는 그 누구도 지켜주지 않는다는 사실을 깨달아야 합니다.

그것이 국수주의적 허영심의 발로가 아니라
인류 보편적 문화 존중의 원칙에 합당하기 때문입니다.

문화는 상대적인 비교를 통하여 저급하거나 고급한 것으로 판단할 수
없습니다.
단지 그 특수성과 차이점을 인정하고 존중하면 그만이지요.
남들이 부러워하는 문화를 많이 가지고 있으면서도
그 자긍심을 갖고 있지 못한 현실인 것 같아 안타깝습니다.

· · · ·
군위경

『맹자』에는 다음과 같은 말이 나옵니다.
　"民爲貴 社稷次之 君爲輕"
　민위귀 사직차지 군위경

'백성이 가장 귀하고 국가가 다음이며 임금이 가장 가볍다.'
위와 같이 해석됩니다.

뒤집어 생각하면 백성이 가볍고 임금이 귀하게 취급되어 왔기 때문에
위와 같은 말이 설득력을 얻습니다.

　　　　　　　　　　흐르는 강물처럼 如流

그러나 역사시대 이후로 백성이 귀하고 임금이 가벼운 세상은 없었습니다.

그들 군주가 맹자를 읽지 못했거나 읽었더라도 자신의 통치 철학과는 맞지 않았을 테니까요.

대부분 오늘날 국가의 형태는 민주주의입니다.

우리나라 정식 국호에도 Republic이란 말이 들어있으니까요.

민주(民主)라는 말은 백성이 곧 주인이라는 말씀입니다.

그런데 백성이 주인인 시기는 선거 때 한 달 뿐이고, 나머지 긴 시간은 종(從)의 개념으로 돌아갑니다.

그러니 어쩌면 민주라는 말은 포장지에만 함몰된 개념일 수 있지요.

아래와 같은 국회의원 관련 유머가 인터넷에 회자됩니다.

"어떤 아내가 교통사고를 당해 뇌에 손상을 입었다.

당장 이식을 하지 않으면 생명이 위험할 정도였다.

의사는 환자 남편에게 말했다.

'대학교수의 뇌가 있습니다. 한데 천만 원입니다.'

'그게 제일 좋은 건가요?'

'아뇨. 제일 좋은 뇌는 국회의원의 뇌입니다.'

'비싼 이유가 뭡니까?'

'거의 사용하지 않은 것이라 새것이나 마찬가지입니다.'"

그렇게 욕하고 멸시하고 조롱하고 있는 국회의원이

서울서 생활하다 어쩌다 고향 마을을 찾으면

여기저기서 모셔가려고 안달하고 사진 한 장이라고 같이 찍으려고 애쓰며

줄을 대고, 온갖 아첨을 하느라 정신이 없습니다.

그러니 국회의원은 자신이 조롱당한다는 생각을 가질 수 없습니다.

조롱과 멸시는 그냥 인터넷 세상에서만 존재하는 것이지요.

캄보디아는 제도와 법규가 잘 되어있지 않아 가난한 것이 아니며

싱가포르는 제도와 법규가 잘 되어있어 부유한 것이 아닙니다.

차이가 있다면 어떤 지도자가 나라를 이끌었느냐의 차이가 있을 뿐이지요.

싱가포르에는 리콴유(이광요)라는 우수한 수상이 있었고, 캄보디아는 그런 인물을 가지지 못했다는 것

그것이 국격이나 국부에 그리 큰 차이를 나게 한 것입니다.

백성이 주인이 되는 세상은 구현하기 어려울지 모릅니다.

하지만 民本(백성이 근본이 되는) 정치는 의지에 따라 가능할 수 있겠지요.

우리가 아이들을 기르면서 가장 중요하게 가르쳐야 할 것 중의 하나는

몇 문제를 더 많이 풀었느냐가 아니라 어떤 사람을 선택하느냐의 올바름에 있습니다.

지도자 한 사람이 국가의 발전을 10년 뒤로 물러나게 할 수도 있고

또한 그 반대의 상황도 가능하기 때문입니다.

어떤 사람이 훌륭한지 알기 어렵다면 자기에게 피해를 끼치지 않는 사람을 선별하는 것도 방법입니다.

흐르는 강물처럼 如流

그것이 백성이 주인으로 가는 길목이기 때문입니다.

우리는 언제쯤 民爲貴 君爲輕의 멋스러운 지도자를 만날 수 있을까요?

. . . .
세상을 보는 잣대

요즘 TV를 보면 주말 황금 시간대를
아이들 성장 프로그램이 점령하고 있습니다.
그냥 재미로 보아 넘길 일이지만
어쩌면 그 이면에는 아이를 낳지 않는 저출산 문제를
어떻게든 바꾸어 보려는 숨겨진 의도가 있는 것은 아닐까 하는 생각
을 합니다.

TV 프로그램은 그 사회상을 반영합니다.
전쟁이 진행 중인 나라에서는 전쟁 영화를 많이 내보냅니다.
전제주의 국가에서는 통치자의 얼굴을 가장 많이 내보내지요.

얼마 전까지만 해도 우리나라 초등학교 도덕 교과서에서는
나쁜 이리가 늘 북쪽에서 나타나곤 했습니다.
통일되기 전의 서독 교과서에

악의 무리가 늘 동쪽에서 나타나는 것과 궤를 같이하지요.

우리가 매일매일 노출되어 있는 매체 속에는
의식하지 못하는 사이에 사람의 심리를 지배하려는
식역하 메시지들이 숨어있을 수 있습니다.
 *식역하 메시지: 인간이 지각하지 못할 정도의 자극을 주어 잠재의식에 호소하는
  행위

1957년 제임스 비카리는 스크린에 영화가 상영되는 동안,
관객이 알아챌 수 없을 정도로 매우 짧은 순간(3천 분의 1초)에
'코카콜라를 마셔라',
'팝콘을 먹어라.'라는 슬로건을 주기적이고 지속적으로 노출했습니다.
이 메시지의 영향으로 극장의 팝콘과 콜라 판매량이 급증했다는 실
험 보고서가 있습니다.

물론 식역하 메시지를 이용한 광고는 불법으로 규정되어 있습니다.
우리 사회를 돌이켜 보면 충분히 생각할 틈도 없이 쏟아져 나오는
각종 매체의 메시지들이 지나치게 많습니다.
어쩌면 우리는 이러한 메시지에 무방비로 노출되어 있고
그 결과가 나의 이성적 판단이 아니라 언론의 권력에 조종당하고 있
을는지도 모른다는 생각이 듭니다.

세상을 보는 잣대와 판단의 근거가 중요한 이유이지요.

흐르는 강물처럼 如流

이제는 사랑할 때

2023년 전 세계에서 군사력을 증강하거나 유지하기 위한 비용으로
2천조를 썼다고 합니다.
그것을 숫자로 표현하면 2,000,000,000,000나 됩니다.
숫자로 읽어내기조차 힘든 어마어마한 금액이 평화 유지라는 탈을 쓴
전쟁 준비에 쏟아붓고 있는 셈이지요.

이 돈을 절대적 평화 유지에 사용한다면
후진국에서 아사자가 한 명도 발생하지 않을 것이고
백신이 부족해 질병으로 사망하는 사람들이 없어질 것이고
오염된 물로 인해 고통받는 사람들에게 깨끗한 물을 제공할 수 있을
것이고
학교가 없어 배울 곳이 없는 아이들에게 충분한 교육을 시킬 수 있을
것이고
인류가 절대적 빈곤에서 오는 불행에서 해방될 수 있을 텐데 말입니다.

그런데 지금도 지구촌 한구석에는
천문학적인 돈을 들여 항공모함을 진수시키고
보다 정밀한 타격이 가능한 미사일 개발에 돈을 쏟아부으며
자국의 피해를 줄이고 적에게 심각한 타격을 줄 수 있는 신무기 개발
에 혈안이 되어있습니다.

물론 힘없는 개인이 이 비이성적인 지출을 줄이고 평화를 사랑하자고 이야기한다고 해서 사회가 바뀌는 것이 아니라는 것을 잘 알고 있습니다.
하지만 세상을 바꾸어 가는 것은 사람들이 모여서 할 수 있는 일인 것도 잘못된 말은 아니지요.

물론 평화는 힘이 있을 때 지킬 수 있다는 것을 모르는 바는 아니지만
위에서 말한 천문학적인 돈이 좀 더 의미 있는 데 사용되었으면 하는 바람이 듭니다.

물건을 훔쳐서 남을 돕는 것은 정당화될 수 없습니다.
사랑을 실천하기 위하여 사람을 죽이는 행위가 정당화될 수 없듯이 말입니다.
테러로 지구촌 곳곳이 몸살을 앓고 있는 세상입니다.
사랑이 경전에서 걸어 나와 실천적으로 함께해야 할 때이지요.

총알 한 개의 값과 라면 한 개의 값이 비슷하다고 합니다.
어느 것은 사람을 죽이기 위해서 만들어진 것이고
어느 것은 사람을 살리기 위해서 만들어진 것입니다.
같은 물을 먹고도 독사는 독을 만들고 벌은 꿀을 만듭니다.
더불어 사는 세상
더 따뜻함으로 세상을 바라볼 수 있는 사회가 되었으면 좋겠습니다.

흐르는 강물처럼 如流

• • • •
봄은 설렘입니다

훈풍이 겨우내 잠자던 대지를 깨우고
잔설이 남은 산자락엔 노루귀와 복수초가 벌써 꽃망울을 이었습니다.
아직 보기엔 누릇한 들녘이지만
검불을 걷어 내고 나면 여린 싹이 뾰족이 얼굴을 내밉니다.

봄에는 화단에 들어가는 것이 겁이 납니다.
이제 겨우 땅을 힘겹게 헤집고 나온 새싹을
밟을 염려가 있기 때문이지요.

이렇게 식물들은 작은 보살핌 속에서 자라고 꽃을 피우고 열매를 맺
습니다.
작물을 기르다 보면 임계점이 있음을 깨닫습니다.
어릴 적에는 김매기를 하지 않으면 잡초에 치여 고사하고 말지요.
하지만 어느 정도 성장하면 스스로 적응력이 생겨 햇빛을 독점하면
잡초가 잘 자라지 못하게 스스로 성장합니다.

어찌 보면 식물을 키우는 것과 사람을 키우는 것은 비슷한 점이 많습
니다.
청소년기를 잘 보듬어 길러내면 스스로 살아갈 수 있는 튼튼한 개체가
되어가는 것이 사람이니 말입니다.

춘삼월(春三月)입니다.
해그림자가 점점 길어져 갑니다.

봄은 설렘입니다.
버들개지의 뽀얀 솜털과
한껏 물이 올라 빨갛게 물든 나뭇가지와
곧 꽃망울을 터뜨리려 한껏 부풀은 꽃봉오리….
눈에 밟히는 것 하나하나가 경이롭지 않은 것이 없습니다.

이 찬란한 봄에
여러분의 인생도 찬란하게 빛나기를 기원합니다.

흐르는 강물처럼 如流

● ● ● ●
삶은 익음입니다

아지랑이 얼른대는 대지가 풋풋함으로 손짓하는 봄입니다.
나뭇가지 끝마다 물오른 봄기운이 넘실대고
남녘으로부터 들려오는 꽃소식은 건조했던 마음을 설레게 합니다.

세월은 이렇듯 변함없이 우리 곁을 지키고
말없이 대지를 일깨우고 식물을 길러냅니다.
자연의 위대한 섭리를 이제 막 싹틔운 작은 씨앗에서도 느낄 수 있다
는 것은 행복입니다.

이제 잠 깬 식물은 성장이 보이지는 않지만
꾸준히 자라 꽃을 피우고 열매를 맺습니다.
유전자 속에 기억된 시간이 되면 저마다 일 년의 결실을 남기고
또 쓸쓸히 역사의 뒤안길로 사라지겠지요.

그것이 존재 이유이고, 생명의 순환입니다.
하루하루가 지나간다는 것은 나이가 들어간다는 의미이고, 결국 하
루하루 늙어간다는 뜻이겠지만
어쩌면 늙어간다는 것은 익어가는 것이라고 할 수 있습니다.

식물이 세월 속에서 깊은 울림으로 속살을 찌우고

완성도 높게 열매를 익혀 내려놓듯이
우리도 시간 속에서 잘 익은 사람이 되어야 합니다.

와인은 오래될수록 깊은 향과 맛을 냅니다.
친구도 오래된 친구가 정겨운 것이고
오랜 세월 항아리에서 숙성된 묵은지가 곰삭은 맛을 냅니다.

오래되었다고 해서 닳고 헤져서 볼품없는 것이 아닙니다.
손때 묻어 반질반질한 지팡이가 내 몸의 일부처럼 느껴지는 것처럼
세월 속에서 정이 더 가고 끈끈한 마음이 드는 것들이 많습니다.
문득 마음이 깊어지고 싶은 날….
오래된 구두의 편안함처럼 그런 사람이 되고 싶다는 생각이 듭니다.

나이 먹는 것이 슬픈 세상이 된 것은 기성세대의 잘못이 아닙니다.
그러니 늙음에 연연하지 말고 스스로 잘 여물게 할 필요가 있는 것이
지요.
그것이 인생을 맛깔나게 살아가는 방법일 것입니다.

흐르는 강물처럼 如流

견해와 편견

견해란 사물이나 현상을 바라보는 입장입니다.
사물이든 사람이든 바라보는 입장에는 선입견을 가질 수 있습니다.
그러면 상대방이 갖고 있는 본질을 파악하기 어렵습니다.
내 안의 프리즘을 통해 상대방을 바라보기 때문이지요.

꽃이 아름다운 것은 꽃의 속성이 아닐 수도 있습니다.
사람의 시각의 힘을 빌려 두뇌에서 해석되는 관념 속에서
아름다움은 존재하는 것일 수도 있으니까요.

남의 험담을 많이 들을수록 내 속의 프리즘은 두꺼워지고
그것이 고착화되면 진실이 눈을 감게 됩니다.
사랑에 빠지면 이에 낀 고춧가루가 보석으로 보이는 이유이고
사람이 미워지면 아무리 좋은 일을 해도 부정적으로 보이는 이유일
것입니다.

프리즘이 두꺼울수록 자기 자신의 정의감 속에 빠져
자기만 옳다고 하고 남을 그르다고 인식합니다.
세상은 흑백논리나 이분법으로 살아낼 수 없습니다.
다양성을 인정할 때 진실의 문이 열리게 되니까요.

편협이란 갇힌 공간 속에 놓여있는 남의 이야기가 아닙니다.
어쩌면 사물의 뒷면을 볼 수 없도록 만들어진 인간 자체가
편협으로 흐를 수밖에 없는 환경을 가졌는지도 모르지요.
그래서 멀리 볼 수 있어야 하고, 객관적 사고를 할 수 있어야 합니다.

쥐를 이용해 미로 실험을 해보면
길이 훤히 보이는데 헤매고 찾지 못하면 답답함을 느끼기 쉽습니다.
그건 위에서 볼 수 있는 인간에 한정된 이야기이고
그 미로 속에서 움직여야 하는 쥐에게는 그게 최선일 것입니다.

우리 스스로 미로 속을 걸으면서 내 것만이 최고이고, 내가 가는 길만이
옳음이라는 편견 속에 빠져있는 것은 아닌지
한 번쯤 돌이켜 볼 필요가 있습니다.

흐르는 강물처럼 如流

• • • •
사이렌

분단된 국가에 사는 우리는
사이렌(Siren) 소리에 민감해야 함에도 자주 듣는 소리여서
일상화에서 오는 둔감성에 익숙해져 있습니다.

사이렌은 세이렌(Seiren)에서 유래한 말입니다.
세이렌은 그리스 로마신화에 나오는 요정 중의 하나이지요.
상반신은 여자이고 하반신은 새 모양을 한 채
바다 위로 솟은 바위 위에 앉아
아름다운 노랫소리로 뱃사람을 꾀어 암초에 부딪쳐 배를 침몰시키거나
선원들을 죽게 했다는 바다의 요정이 세이렌입니다.

그러니 세이렌의 노랫소리에 홀리는 일은 매우 위험한 일입니다.
그런 의미로 비상사태를 알리는 신호음을 사이렌이라고 부르는 것이
지요.

현대판 모세의 기적을 이야기하곤 합니다.
불이 나거나 응급환자가 발생하였을 때 소방차나 응급 구조 차량에
길을 터주는 아름다운 모습을 의미하는 것이지요.

생명과 재산을 지키는 5분이 출근 시간이나 약속 시간의 5분보다 훨

씬 더 귀중한 것임에도
  내 것이 아니면 오불관언의 자세를 취하는 사람이 많아
  골든타임을 놓치는 경우가 많습니다.

「도로교통법」상 긴급자동차 우선 통행 규정이 아니라고 하더라도
양보의 미덕으로 더욱 안전한 사회가 되었으면 좋겠습니다.

• • • •
산소를 추억하며

옛날 살던 고향 집 앞 양지바른 산등성이에는
군데군데 산소가 있었습니다.
어린 시절 학교를 마치고 산등성이에 올라
떼가 잘 살아있는 산소를 올라타고 미끄럼을 타면서 놀았습니다.

더 철이 들어 귀신 이야기에 함몰되고
무덤이 죽은 사람을 묻어놓은 곳인 것을 알고 나면서부터
무덤 놀이터는 경원시하는 대상이 되었지요.

죽음이란 인생의 마지막에서 경험하는 딱 한 번의 경험이고
남녀노소를 불문하고 불시에 들이닥치는 삶의 공통분모입니다.

흐르는 강물처럼 如流

누구나 죽음을 무서워하고, 기를 쓰고 죽음으로부터 도망치려고 애 씁니다.

사고나 질병으로 죽을 기미가 보이는 사람이면
득달같이 병원으로 옮겨 각종 호스를 매달아 놓습니다.
심지어 기계에 의존하여 생존을 연명하기까지 하니
죽음이란 피해야 할 것이며, 공포의 대상임에는 틀림이 없어 보입니다.

의사는 많은 죽음을 보지만 말하지 아니하고
철학자는 많은 말을 하지만 실질적인 죽음은 많이 보지 않습니다.
그러니 죽음에 대하여 이론과 실질 사이에는 큰 괴리가 있는 것도 사실입니다.
우리 사회는 웰빙을 외치고 있지만 웰다잉도 필요합니다.
『장자』에 나오는 이야기입니다.
장자가 임종을 맞이하게 되었을 때
제자들은 성대한 장례식을 계획하기 시작했습니다.

그러나 장자가 말했습니다.
"나는 하늘과 땅으로 나의 관을 삼을 것이다.
해와 달은 나를 호위하는 한 쌍의 옥이 될 것이며
행성과 별 무리가 내 둘레에서 보석들처럼 빛날 것이다.
그리고 만물이 내 장례식 날 조문객들로 참석할 것이다.
더 이상 무엇이 필요한가? 모든 것은 두루 돌보아진다."

제자들이 말했습니다.
"우리는 까마귀와 솔개들이
스승님의 시신을 쪼아 먹을까 두렵습니다."

장자가 말했습니다.
"그렇다. 땅 위에 있으면 나는 까마귀나 솔개의 밥이 될 것이다.
그리고 땅속에서는 개미와 벌레들에게 먹힐 것이다.
그러니 왜 그대들은 새에게 먹히는 경우만 생각하는가?"

죽음도 삶의 일부입니다.
삶이란 기차는 언제 멈출지 알 수 없습니다.
시한부 인생이란 의학의 힘을 빌려 소천할 날을 미리 알려주는 것이지만
우리는 모두 언젠가 이 세상 소풍을 마쳐야 하는 시한부 인생인 것만큼은 틀림이 없습니다.
그러니 남에게 악덕을 쌓으며 아등바등 살 이유가 없습니다.
어차피 나에게 남겨질 것이 하나도 없다고 생각하면 좀 더 여유로운 시선으로 세상을 바라볼 수 있습니다.
그것이 인생을 더 풍요롭게 하지요.

흐르는 강물처럼 如流

● ● ● ●
책임질 줄 아는 사람

제가 만난 사람 중에는 진중한 사람도 있었고, 가벼운 사람도 있었습니다.

때론 존경해 마지않는 사람도 있고, 그저 별 볼 일 없다고 생각되는 사람도 있었지요.

참으로 별 볼 일 없다는 생각을 가진 분이 교무부장을 하고 있을 때의 일입니다.

그저 시간 가는 대로 내 할 일만 하고 지내면 그뿐이라는 안일함에 빠져있었는데

우연한 기회에 그 교무부장이 교장선생님에게 심하게 책망을 받는 것을 목격했습니다.

저의 일은 아니었지만, 그 꾸지람의 전후 사정을 잘 알고 있었는데

그분은 본인의 잘못이 아니라 아랫사람의 잘못으로 인해 꾸중을 듣고 있는데도

한마디 변명을 하지 않았습니다.

물론 폭풍우가 휘몰아쳐 지나간 후에도 잘못의 진원을 찾아 분풀이로 대물림하지 않았다는 것은

다른 시각으로 그분을 보게 된 계기가 되었습니다.

책임을 진다는 것은 고상한 일이 아닙니다.
내 소신이 아니라 남의 소신을 지켜주어야 하는 일이기 때문입니다.

나이가 들고 어른이 되어간다고 하는 것, 세월 따라 지위가 점점 높아져 간다는 것은
그만큼 책임질 일 또한 늘어간다는 것을 의미합니다.
때론 억울함이 동반할 수도 있고 때론 남의 탓을 하고 싶을 때도 많을 겁니다.
대부분 사람은 자신의 억울함을 토로하고 정당성을 주장하고 싶어 합니다.
그러나 어찌 보면 그런 행동을 보일수록 삶이 구차하게 보이기에 십 상입니다.

일이 잘될 때는 멋스럽고 훌륭한 리더로 보이는 사람이 많습니다.
하지만 위기 상황에 부닥치면 그 사람의 본마음이 드러나게 마련입니다.
정말 건강한 리더는 자기 자신의 일에 책임을 질 수 있는 사람입니다.

그래서 공자님은 이런 말씀을 남깁니다.
    "歲寒然後知松栢之後彫"
    세한연후지송백지후조
    어려움을 당해야 진정한 친구를 알아볼 수 있고
    세월이 추워진 연후에야 소나무와 잣나무의 푸름을 알 수 있다.

「세한도」에 넣어져 더욱 유명해진 이 글은

흐르는 강물처럼 如流

추사 김정희가 유배 생활을 하며 어려움을 겪고 있을 때
아무도 돌아보지 않는 시절 제자 이상적이라는 사람이
추사를 찾아와 준 것이 고마워 그에게 그림으로 보답한 것이 그 연유
입니다.

과정에 충실하고 결과에 책임지는 사람만큼 멋스러운 사람도 없습니다.

. . . .

봄은 축복입니다

창밖엔 꽃샘추위에 오던 봄이 서성이고
가랑비에 촉촉한 대지는 다투어 여린 싹을 품어냅니다.
길가에 줄지어 늘어선 살구나무가 팝콘처럼 꽃망울을 터뜨리고
이제 막 집을 짓기 시작한 까치가 분주한 계절입니다.

점점 길어진 해는 세월의 옷을 연두색으로 갈아입히고
하릴없이 두엄을 헤집는 장닭의 모습에서 망중한의 여유로움이 느껴
집니다.
봄꽃이 향연을 이룬 들녘은 어디를 바라보아도 꽃 대궐인 참으로 좋
은 계절입니다.

시인 김기림은 "4월은 게으른 표범처럼 인제사 잠이 깼다."라고 표현했습니다.
온통 생명의 아우성으로 분주한 봄을 게으르다고 표현한 것은
시인이 봄을 얼마나 간절히 갈망했는가를 역설적으로 나타내줍니다.

봄입니다.
노루 꼬리만큼씩 해가 길어지는 봄입니다.
바깥 활동이 늘어나는 만큼 피곤한 계절이기도 하고
수줍은 봄 처녀의 발그레한 뺨처럼 붉은 계절이기도 하고
화사하게 마음을 열고 사랑하기에 좋은 계절입니다.

내 생에 몇 번이나 봄을 더 맞이할 수 있을지는 모르지만
이 좋은 시절, 봄에 묻혀 행복한 시간을 보낼 수 있다는 것은
진정 축복이 아닐 수 없습니다.
봄꽃 속에 묻혀 행복한 시간 보내시기를….

흐르는 강물처럼 如流

....

봄엔 풋풋한 인연이 그립습니다

아지랑이가 밖으로 유혹하는 계절엔
오래 만나도 맑은 향기를 잃지 않는 그런 인연이 그립습니다.
따뜻한 봄기운에 몸을 맡기고
화려하지는 않지만, 고즈넉한 찻집에 앉아
코끝에서 스치는 봄 향기를 잔에 담아
인생을 이야기할 수 있는 그런 사람이 그립습니다.

겉보다는 속이 아름다운 사람
향긋한 커피 한잔에 말없이 눈빛만 보아도 행복이 샘솟는 사람
오랜 시간을 공들여야 따뜻해지는 구들장처럼
세월이 지나도 변치 않는 온기를 가지고 있는 사람
봄엔 그런 사람이 그립습니다.

양지바른 곳에 수수하게 피어난 진달래처럼
누가 보아주거나 알아주지 않아도 그 자리를 지키는
다소 무덤덤하지만, 바보 같은 사람이 그립습니다.

온 봄을 하얗게 수놓고 아낌없이 떨어지는 꽃잎을 보며 애수에 젖지만
주변을 환하게 하는 여유와 웃음을 잃지 않는
봄엔 그런 사람이 그립습니다.

····

마늘밭에서

지난겨울 마늘 300개를 심었습니다.
고랑을 잘 만들고 평탄 작업을 한 뒤에
검정 비닐을 씌우고 10㎝ 간격으로 구멍을 뚫어
정성껏 마늘을 심었지요.

행여 추위에 얼어 죽을세라 그 위에 왕겨를 덮고
최종적으로 짚을 덮어 마무리했습니다.

봄이 되었습니다.
완전 초보 농사꾼이 마늘을 처음 심어본 터라
마늘이 매서운 겨울 추위에 얼어 죽지는 않았는지
날이 따뜻한데 짚은 언제 걷어주어야 하는지
자못 고민이 되었습니다.

4월 초순 날이 따뜻해져 꽃소식이 남으로부터 전해질 즈음
밭에 가서 부푼 마음으로 짚과 왕겨를 걷었는데….
아뿔싸! 싹이 하나도 나지 않은 겁니다.
몇 개를 파보니 싹이 날 준비를 하는 것이 좀 위로가 될 뿐이었지요.

며칠 후 다시 가본 밭엔 신비롭게도 마늘이 호기롭게 성장하고 있었

187

습니다.

　그동안 고생이 헛되지 않았다는 믿음을 준 것이지요.

　그때 깨달은 것이 있습니다.

　왕겨와 짚은 겨우내 얼어 죽지 말라고 보온을 위해 덮은 것인데

　봄이 되니 그 보온성이 오히려 따뜻한 태양의 기운을 막고 있었던 것
이지요.

　그러니 싹이 잘 자랄 리가 없었던 것입니다.

　한 가지 일에 함몰되어 있으면 다른 쪽을 생각하기 어려운 것이

　우리의 삶입니다.

　세상일도 모두가 좋을 수만은 없고 또한 모두가 나쁜 것만도 아니라
는 깨달음을 작은 텃밭이 일깨워 주었습니다.

　호수에서 노 젓기를 해본 사람이면

　한쪽 노만 저어서는 절대로 목적지에 도달할 수 없다는 것을 압니다.

　아이를 기르면서 수학을 강조하여 매번 수학 공부만 시키면

　수학 점수는 올라갈지 모르지만 다른 과목의 점수가 떨어집니다.

　가치편향적인 사고와 한편으로 치우친 생각은

　참으로 위험한 것일 수 있지요.

　보온병은 보온만 되는 것이 아니고 보냉도 됩니다.

　동전에는 앞면만 있는 것이 아니라 뒷면도 있다는 사실을 알아야 합
니다.

가치중립적인 사고가 세상을 바라보는 혜안을 만들어 줍니다.

. . . .
작은 일상

서울로 출장을 갑니다.
엘리베이터 앞에서 마주친 18층 사는 이름 모를 남자
졸린 눈을 비비며 장부를 뒤적이는 경비 아저씨
제라늄꽃을 옆 유리에 붙이고 좌회전 깜빡이를 켠 스파크

이미 봄이 점령해 버린 캠페이지 공터
주차장엔 공차로 주인을 하염없이 기다리는 빼곡한 차량
세월에 관계하지 않고 늘 깜박이는 신호등

하염없이 상향 이동 욕구를 불러일으키는 에스컬레이터
이별과 만남의 아픔을 삭이는 춘천역
피 끓는 젊음을 빙자한 청량리 춘천의 청춘열차

봄을 전세 낸 듯한 화려한 벚꽃
스쳐 지나가는 굴봉산역 이정표
뒤뚱거리며 걸어가는 만삭의 임산부

흐르는 강물처럼 如流

창밖 풍경에서 갑자기 차내 풍경으로 옮겨주는 터널
뭔가 삐진 듯한 얼굴을 한 검표 종사원
봄을 화사하게 수놓은 불타는 듯한 진달래

산업화 사회 속에서 줄이어 이동하는 군상들의 행렬
지하철역 몇 번 출구로 인식되는 서울의 거리
고즈넉하기 이를 데 없는 덕수궁 돌담길
정장에 넥타이 매고 무표정하게 걷는 회사원
주름진 얼굴에 인자한 웃음기로 어묵을 팔고 있는 할머니
걸으면서도 스마트폰에 함몰된 여중생

오늘 하루 동안 제 망막을 거쳐 지나간 소소한 일상을 적어보았습니다.
그리 잘난 것도 특별한 것도 없는 일상이지요.
우린 인터넷과 SNS 덕분에 지구촌 곳곳에서 일어나는 것을
상세히 알고 있다고 착각하기도 합니다.

세상의 모든 일은 알 수도 없고, 알 필요도 없습니다.
사람은 자기 경험 범주 안에서 살아가는 존재이니까요.
다양성 앞에서 겸손함을 배우는 하루였습니다.

····

거친 벌판에 선 나무

사람은 태어나면서부터 외로운 존재인지 모릅니다.
사랑이 찾아올 때보다 외로움이 찾아올 때
우린 보다 좌절하거나 절망하기 쉽습니다.
하지만 철저히 외로워 본 사람만이 사랑의 귀함을 압니다.

외로움이란 내면으로 자신을 찾아가는 여정일 수도 있고
깊은 사유를 통하여 삶의 결정체를 알아가는 과정일 수도 있습니다.
그래서 고독은 인간을 현명하게 합니다.

눈 쌓인 언덕에서 별조차 얼어붙은 겨울을
고독하게 견디어 낸 나무가
결국 달콤한 열매를 맺습니다.

올봄 인동 덩굴에서 새싹이 돋는 것을 보았습니다.
인동초는 산야에 비교적 흔하게 보이는 꽃입니다.
덩굴을 채취하여 차로 마시면 그 은은한 향기는 비할 데가 없지요.
하지만 눈에 확 드러날 만큼 화려한 꽃은 아닙니다.

어쩌면 인동꽃은 제 몸에 역경을 품고 있는지도 모릅니다.
그리하여 역경의 시기를 견디고 추위를 이겨내

흐르는 강물처럼 如流

마침내 한 떨기 꽃을 피워내기 때문에 그 멋스러움이 오래가는 것이
지요.

꽃은 누가 거들어 주어 겨울을 나는 것이 아닙니다.
오로지 맨몸으로 부딪고 처절한 인내를 통하여
봄을 맞이하는 것이지요.

동구 밖 홀로 서있는 느티나무가 마을을 지킵니다.
어쩌면 우리는 거친 벌판에 홀로 서있는 나무인지 모릅니다.
언젠가는 스스로 잎을 내고, 꽃을 피우고, 열매를 맺겠지요.
봄이 온다는 사실을 잊지만 않으면 말입니다.

····
변화

조선 왕조를 통틀어 가장 세자 교육을 오래 받은 군주는 연산군이고
가장 짧은 기간 교육을 받은 군주는 세종대왕입니다.
교육의 길이와 성군의 도(道)는 비례 관계에 있어야 할 것 같은데도
이들은 반비례의 길을 걷습니다.

물론 세자 시절의 길이로만 한정하여 인물을 평가하는 것은 옳지 않
지만
애초에 됨됨이의 싹을 무시할 수는 없어 보입니다.

세상의 화두는 온통 변화에 맞추어져 있습니다.
잠시 한눈을 팔아도 세상이 어디로 흘러가는지 가늠하기조차 힘든
세상이 되어갑니다.
그 와중에 쉽사리 변하지 않는 것이 있습니다.
그것은 사람의 됨됨이, 즉 성품이지요.

그래서 옛 선인들은 그것을 천성(天性)이라고 불렀습니다.
하늘이 내려준 타고난 성품은 변하기 어렵기 때문이지요.
그래서 인성교육은 있어도 천성교육은 없는 것입니다.

하지만 이제는 변해야 삽니다.

흐르는 강물처럼 如流

삼성그룹의 이건희 회장은 늘 "마누라만 빼고 다 바꿔라."라고 주문
하곤 했습니다.

혹자는 가장 바꾸고 싶은 것이 마누라일지는 모르겠으나
그처럼 절박한 마음으로 변화에 동참하라는 주문이지요.

라디오가 세상을 점령하는 데는 100년이 걸렸습니다. TV는 40년
요즘 흔하게 사용되는 스마트폰은 4년이 걸렸습니다.

세상의 변화에 붙는 가속도가 놀랍습니다.

또 어떤 것이 세상에 출현하여 생활을 흔들어 놓을지는 아무도 예측
할 수 없습니다.

말과 소를 비교하면 말이 운동능력이 뛰어나고 민첩합니다.

수영도 소보다는 말이 월등한 능력을 보이지요.

그러나 소와 말이 같이 강물에 빠지게 되면 말은 익사하지만, 소는
살아나옵니다.

그 이유는 말은 물을 거슬러 나오려고 발버둥 치지만
소는 물의 흐름에 맡겨 낮은 곳으로 나오기 때문입니다.

강물이 유유히 흐르듯 세월도 유유히 흘러갑니다.

이 도도히 흐르는 세상의 흐름을 바꿀 수는 없습니다.

그러니 나를 바꿔서 세상의 흐름에 맞추는 지혜가 필요한 것이지요.

우리는 아이를 기르면서 씨앗론과 자질론을 거론하기도 합니다.

하지만 원래 주어졌던 성품도 바꾸려고 시도해야 합니다.

성품을 바꾸려고 노력했더라면
연산군은 폭군으로 기록되지 않았을 수도 있고
왕의 칭호도 못 받는 군에 머무르지도 않았을 것이며
『실록』도 그냥 연산군일기라는 폄하된 역사로 남지 않아도 되었을 텐데 말입니다.

. . . .
꾸준함

계절이 무르익고 있습니다.

생명력이 끈질긴 것은 민들레만 한 것이 없습니다.
차도의 갈라진 아스팔트 틈새에도
사람이 붐비는 거리의 보도블록 사이에도
흙을 찾아보기도 힘든 돌담 언저리에도
조그만 틈을 비집고 생명을 이어가는 것이 민들레입니다.

그 앙증맞게 생긴 순결한 노란 꽃도 예쁘지만
솜털처럼 여문 홀씨를 매달고 둥글게 세상을 바라보는 모습
영화 아바타의 생명나무 열매처럼 생긴 홀씨의 흩날림
봄이라서 좋은 것이 아니라

흐르는 강물처럼 如流

이 난만한 대지를 수놓은 각종 꽃의 향연이 있기에
봄은 진정 아름다움입니다.

가끔 한낮의 꿩이 한가로움을 울고
아카시아 향에 실린 훈풍이 가지를 흔들면
일제히 요동치는 생명의 환호성에 화들짝 놀라는 초여름

변화 속에서 변화 없는 것은 계절이 바뀌고 있다는 사실이고
누군가가 세상을 등지고, 가슴 아픈 이별을 하고
사업에 실패해 온 세상이 자신을 등진 것 같은 생각을 하는 시점에도
여지없이 세월은 흘러갑니다.

내가 눈길을 주고, 관심을 가지고, 쓰다듬어 주어서
식물이 저리 잘 자라는 것은 아닐 겁니다.
출근길에 갑자기 시야에 들어온 애기똥풀의 소리 없는 성장에
놀라움을 금치 못하는 것은
그 변화를 인지하지 못하고 맞닥뜨린 갑작스러움 때문이겠지요.

우린 훌쩍 성장해 버린 식물의 모습을 경이롭게 보지만
그 식물은 절대로 갑작스럽게 자란 것이 아닙니다.
어느 한순간도 소홀함 없이 꾸준하고 지속적인 성장이
지금의 모습으로 나타난 것이지요.

꾸준함처럼 멋스러운 것은 없습니다.

그것이 우공이 산을 옮기겠다고 우겼을 때 산신령이 놀란 이유이고
도끼를 갈아 바늘을 만들겠다는 우직함에 이태백이 깨달은 까닭입니다.

변함없음과 꾸준함
올봄을 지내는 화두로 삼아 봄직하지 않나요?

흐르는 강물처럼 如流

우리 앞에 물밀 듯이 펼쳐지는 절제되지 아니하고,

정제되지 아니한 정보의 홍수 속에서

자기 내면에 좀 더 집중할 필요가 있습니다.

그것이 결과를 중시하는 사회 속에서 얻어질 수 있는 과정의 행복이니까요.

제5장

과정의 행복

숲이 아름다운 이유

아카시아 향에 묻어온 5월의 멋은 연초록 숲입니다.
숲이 아름다운 이유는 너나없이 많은 나무가 모여
이루어졌기 때문입니다.

멀쑥하게 키만 자란 상수리나무도
한 층 한 층 정성스레 자란 층층나무도
가지마다 오디를 매달고 세월을 향유하는 뽕나무도
모두가 제각기 개성을 감추고
숲이라는 이름으로 동질화된 것이기에 멋스러움이 있는 것입니다.

자기를 주장하지 않는 숲을 대하면서
조금씩 덜어내는 삶을 살아야겠다고 생각합니다.

어렸을 때 우표를 수집하는 친구가 있었습니다.
저는 수집에 관심이 없어서 가진 것을 나눠주는 처지이었지요.
더 많이 모으지 못해 안절부절못하고
비교를 통하여 불행해하는 친구를 보면서
많이 가진다는 것은 또 다른 의미의 속박임을 깨달은 적이 있습니다.

작년엔 텃밭에 고구마를 심었습니다.

가을 햇살 아래 캔 고구마가 꽤 되었는데
욕심을 부려 가져가려는 생각을 하지 않았습니다.
아파트에서 보관하기가 어렵고 결국 썩혀 버리기가 십상인 것을 알았
기 때문이지요.
차라리 급식소에서 삶아 모든 선생님과 함께 나누는 행복만 못하다
는 사실을
지천명의 나이가 되어서야 알았습니다.

이젠 책을 나누려 합니다.
젊어서부터 사들인 책이 이 방 저 방 넘쳐나고
이사를 할 때면 여간 귀찮은 것이 아닙니다.
물론 두고두고 읽어야 할 책도 있지만 대부분은 한 번 읽은 후
다시는 손이 가지 않는 것이 대부분인데 말입니다.

좀 더 많이 가지지 못하여 불행한 것과
필요한 것만 가지고 있을 때의 홀가분함을 생각합니다.
덜어낸 욕심만큼 행복이 들어온다는 것도 염두에 두어봄 직한 명제입
니다.

흐르는 강물처럼 如流

개구리 낚시

개구리 낚시를 해본 적이 있나요?
개구리를 낚기 위해서는 낚싯바늘에 풀이나 파리를 꿰어
끊임없이 움직여 주어야 합니다.

개구리는 움직이는 대상을 보고 순식간에 혀를 내밀어
먹이를 낚아채게 되지요.
정지된 사물은 개구리의 인식에서 멀어지게 마련입니다.

논둑에 아무리 아름다운 꽃이 피어있어도
오뉴월의 들꽃이 아무리 진한 향을 날려도
정지된 영상은 개구리에겐 아무런 의미가 없습니다.

우리네 인생도 개구리와 크게 다르지 않음을 느낍니다.
주변에 아름다운 것이 지천으로 널려있어도
행복할 수 있는 여건들이 수두룩함에도
자신이 관심 있는 것만 보이고 느끼는 그런 존재이니까요.

아름다운 여자는 늘 뭇 남성의 관심 대상이 됩니다.
그러나 각론으로 들어가면 남자들은 각기 생각하는 여성의 이상형이
다릅니다.

그건 자신이 겪은 경험치와 만들어 놓은 인식과의 조화에서 얻어진 결과이지요.

요즘 산에 가면 산나물이 지천입니다.

고사리를 주로 꺾으려고 마음먹은 사람에겐 취나물이 잘 보이지 아니하고

취나물을 뜯고자 하면 고사리가 잘 보이지 않습니다.

어느 한곳에 집중하게 되면 다른 것은 배경으로 기능하는

다소 엉성한 두뇌를 갖고 있는 것이 우리네 모습입니다.

내 경험만 진실이고 남은 그렇지 않다는 편견에 빠지기 쉬운 것이 인간입니다.

그러니 나만 주장할 것이 아닙니다.

가장 멋스러운 것은 상대방을 인정하는 조화로움에 있습니다.

어쩌면 인간관계에서 가장 어려운 것은

상대방을 내가 원하는 대로 바꿀 수 없다는 것을 느낄 때가 아닐까 합니다.

뒤집어 보면 상대방을 바꿀 수는 없어도 내가 그를 대하는 태도는 바꿀 수 있는 것인데 말입니다.

흐르는 강물처럼 如流

. . . .

유비무환

초여름의 아침은 으레 그렇듯이 안개가 뿌옇게 끼어있습니다.
어쩌면 긴 여름을 열기 위한 방편일는지 모르지만
우리네 인생도 아침 안개처럼 앞을 예측하기란 쉬운 일이 아닙니다.

어제와 오늘이 너무나 다른 세상에 내동댕이쳐진 기분이 드는 것은
비단 저만의 느낌은 아닐 겁니다.
이 불확실성의 시대엔 미래를 준비하는 지혜를 가져야 합니다.

옛사람들은 둑에 큰 나무를 심지 않았습니다.
많은 세월이 흘러 나무가 고사했을 경우
그 뿌리가 썩어 관로 역할을 하므로
저수지가 통째로 무너질 염려가 있기 때문입니다.

여름에 집중호우를 예상하기는 어려운 일이 아닙니다.
우리나라 예산은 재난 예방에 40%, 복구에 60%가 쓰인다고 합니다.
이웃 일본은 예방에 87%, 복구에 13%이고 보면
이미 인적 물적 피해를 당한 후에
사후 약방문식의 대처 방식엔 문제가 있어 보입니다.

『춘추좌씨전(春秋左氏傳)』에 나오는 말씀입니다.

"居安思危 평안할 때는 항상 위태로움을 생각하여야 하고
思危則有備 위태로움을 생각하게 되면 항상 준비가 있어야 하며
有備則無患 충분히 준비가 되면 근심과 재난이 없을 것이다."
그래야 호미로 막을 것을 가래로 막는 일이 발생하지 않지요.
배가 침몰하는 것은 큰바람과 파도 때문일 수도 있지만
때론 아주 작은 구멍 때문이기도 하고
견고하게 보이는 제방도 작은 개미구멍으로 인해 무너지는 것입니다.
사소하다고 무시할 것이 아니고
작은 일이라고 함부로 할 것이 아닙니다.

미래를 밝게 보기란 쉬운 일이 아닐 겁니다.
순간순간 최선을 다하고
현실에 안주하지 않는 삶
그리고 미리미리 대비하는 마음가짐이
보다 풍요로운 미래를 가져다줍니다.

흐르는 강물처럼 如流

. . . .

기름과 만듦

우린 농사를 '짓는다.'라고 표현합니다.
짓는다는 말 속에는 최선을 다하는 가운데 그것을 업으로 하여
일을 한다는 의미가 들어있습니다.

그래서 밥은 하는 것이 아니라 짓는 것이고
집도 만드는 것이 아니라 짓는 것이고
글도 쓴다는 표현보다는 짓는다는 표현을 쓰는 것입니다.

짓는다는 것은 하루아침에 뚝딱 만들어지는 것이 아닙니다.
오랜 세월을 두고 땀 흘리고 노력한 후에 얻어지는
삶의 진수와 같은 것이지요.

5월입니다.
1년에 12개의 달이 빼곡히 들어있지만
5월만큼 식물의 성장이 놀라운 계절은 없습니다.
잠시 짬을 내어 논밭을 바라보면 농작물의 자라는 소리가 들릴듯합니다.
그것은 농부의 손길이 이루어 놓은 '지음' 속에 놓여있기에 가능한 것
입니다.

농사란 일정한 계절에, 땅이라는 제한된 공간 속에서

시간으로 일구어 가는 종합 예술입니다.
욕심을 부린다고 많이 거둘 수 있는 것도 아니고
과정을 뛰어넘는 꼼수가 존재하는 것도 아닙니다.

처음부터 마지막까지 과정을 성실히 수행했을 때
얻어지는 일종의 땀과의 교환인 셈이지요.
요즘은 과정의 중요성이 강조되는 기르는 문화가 아니라
언제 어디서든지 의지만 있으면 만들어 내는 대량생산 시대의 결과론인
만듦의 문화에 젖어있는 것 같아 안타까울 때가 많습니다.

기름 속에는 더디지만, 성장의 미학이 존재합니다.
우리 아이들도 만들어 내는 것이 아니라 길러내는 것인데
짜인 틀 속에서 생각을 재단하고 만들어 내는데 함몰된 것이 아닐까
하는 염려가 들어서 말입니다.

흐르는 강물처럼 如流

소중한 보물

저는 이른바 명품이라고 일컫는 것을 하나도 가진 게 없습니다.
하지만 누군가 갖고 있는 것 중에서 보물 1호가 무엇이라고 묻는다면
그건 노트 PC라고 답할 것입니다.

각종 업무 처리와 원고 작성, 세상 들여다보기 등
온갖 요지경을 두루 갖추고 있으니까요.
하지만 그것은 명품 반열에 들어갈 수 없습니다.
세월이 지나면 낡고 무뎌져서 단명할 수밖에 없는 운명이니까요.

제가 소중하게 간직하고 있는 것은
스승님이 옥돌에 새겨주신 낙관입니다.
장락(長樂)이란 고품격 글자가 음각으로 새겨져 있지요.
예술성이 뛰어난 작품이기도 하거니와
직접 손으로 파서 만든 지구상의 유일한 작품이기도 하고
평생을 서예가로 살아오신 스승님의 영혼이 깃들어 있는 작품이기도
합니다.

그 작품은 세월이 지날수록 빛이 납니다.
아무리 뛰어난 예술품이라고 하더라도 작가는 그 작품에
절반의 혼밖에는 불어넣을 수 없습니다.

나머지 절반은 소장하는 사람이 그 작품을 아끼고 사랑하면서 채워
가는 것이지요.

오늘은 책을 세 권 읽었습니다.
아이들하고 밤늦은 시간까지 교실에 남아있는 환경이
책 읽기에는 안성맞춤이니까요.
책도 깊이를 가지고 있습니다.
책의 깊이는 읽는 사람의 깊이와 비례 관계에 있지요.

이미 가속도가 붙어있는 세상에서는
뭔가 **빠른** 것이 가치 있어 보이게 마련입니다.
하지만 **빠름** 속에서 깊이까지 챙기는 것은 쉽지 않은 일입니다.

한 권의 책을 읽더라도 행간을 따져가며
절절한 가슴으로 읽어야 피가 되고 살이 됩니다.

흐르는 강물처럼 如流

....
정신과 물질

산 좋고 물 맑은 곳엔 대체로 절이 자리 잡고 있습니다.
청아한 산새 소리와 물소리, 바람 소리….
전나무 열병하는 숲길을 지나 일주문을 거치면
선문도량의 장(場)으로 들어설 수 있는 것이
대부분 우리나라 절의 구조입니다.

다른 나라의 불교문화를 둘러보더라도
속세를 떠난 산속에 절이 위치하는 경우는 드뭅니다.
이는 스님이 산이 좋아 산으로 들어가거나
도를 닦으러 산으로 들어간 것이 아닙니다.

고려 시대 융성했던 불교가
조선 시대를 맞아 숭유억불 정책으로 인한 정부의 탄압을 견디다 못해
조정의 힘이 미치지 못하는 산으로 숨어 들어간 결과로 보는 것이 옳
습니다.
아이러니한 것은 정치권력으로부터 각종 혜택을 받고
보호받으며 성장한 고려 시대보다
각종 냉대와 설움을 받은 조선 시대에
더 뛰어난 고승이 많이 배출되었다는 사실이지요.

정신문화는 물질적 풍요 속에서 발전하는 것이 아니라
고난과 결핍 속에서 더 위대한 업적을 남긴다는 것을 생각해 보아야
합니다.
특정 종교를 폄하하거나 의미를 훼손시킬 생각은 없지만
정신문화를 선도해야 할 일부 종교단체들이
지나치게 세속에 물들어 가는 것 같아 안타까운 마음이 듭니다.

종교단체가 잘 살아 봉사도 많이 하고, 구제도 많이 하며
사회에 이바지하는 일면을 무시할 수는 없지만
그 반대의 경우도 많아 슬픈 세상입니다.

정신문화의 진수는 편안하고 안락한 가운데 빚어지는 것이 아니라
역경과 고난 속에서 정제되는 것임을
우리네 인생도
눈물 젖은 빵을 먹어보지 않고는 함께 논할 수 없는 것임을
부처님 오신 날을 보내며 생각합니다.

흐르는 강물처럼 如流

• • • •
숙련된 마부

우리 민족을 예로부터 기마민족(騎馬民族)이라고 불렸습니다.
그만큼 말과 함께한 세월이 길다는 의미겠지요.
요즘은 제주도나 승마장에나 가야 말을 볼 수 있습니다.

제주에서 처음 말을 탈 때가 생각납니다.
생각보다 말의 높이가 상당히 높아서 놀랐고
나의 의지대로 움직여 주지 않는 말에 놀랐습니다.
혹여 떨어질까 봐 몸에 힘이 잔뜩 들어있으니
아마도 나를 태운 말도 편하진 않았을 겁니다.

숙련된 마부는 아무리 말이 날뛰어도
말을 자유자재로 다루며 위태로운 상황을 만들지 않습니다.
그것은 마부의 몸이 말의 움직임과 동질화되어 있기에 가능한 것입니다.
온몸에 힘을 빼고 말의 움직임에 맡겨두는 것이 비결인 셈이지요.

그것은 말을 신뢰하지 않고는 불가능한 것입니다.
또한 자기 능력을 믿어야 하지요.
숙련된 마부와 같은 삶을 살아가는 것이 중요합니다.

만남이 우리를 성장시키지만

그 이면에는 더불음의 동질성이 있습니다.
온전히 나를 맡길 수 있는 멋진 모임을 만드는 것만큼이나
나 자신의 융통성과 수용성을 키워가는 것도 중요합니다.
파도타기를 잘하는 사람은 파도에 온몸을 맡기는 사람입니다.

대상과 하나 됨이 위대함의 단초가 됩니다.

• • • •
있어야 할 곳에 있기

중국의 4대 기서의 하나인 『서유기』에는
다음과 같은 글이 실려 있습니다.

> "용유천수조하희(龍遊淺水遭蝦戲)
> 호락평양피견기(虎落平陽被犬欺)"
> 용이 얕은 물에서 놀면 새우에게 놀림을 당할 수 있고
> 호랑이가 몸을 가릴 곳 없는 평지로 몰리면 개에게 쫓김을 당한다.

이는 역할 지위와 행동에 대한 경구입니다.
인자하여 세세한 것까지 챙기는 것은 장점일 수도 있겠으나
지위 속에서 지나치게 작은 것까지 간섭하는 것은 옳지 않습니다.

흐르는 강물처럼 如流

훌륭한 통치자는 자신의 속마음을 신하들에게 다 드러내 보이지 않습니다.
왕이 어떤 생각을 하고 있는지 모를 때
신하들은 더욱더 경외심을 갖게 되고
그것이 충성으로 나타나게 되는 것이지요.

연애의 고수는 밀당을 잘하는 사람입니다.
무조건 좋아하고 쫓아다니기만 해서는 사랑을 쟁취하기 어렵지요.

그래서 용은 개천에서 놀면 안 되는 것이고
호랑이는 평지에서 호령하면 안 되는 것이지요.
자기 능력에 맞는 환경에 거(居)할 때
인간은 최대의 능력을 발휘하게 되어있으니까요.

얕은 물이라 큰 배를 띄울 수 없는 것도 슬프지만
큰 배라서 얕은 물로 갈 수 없다는 것도 슬픈 일이지요.
자기 능력에 맞는 처신이 자신을 이롭게 하고
더 나아가 세상을 이롭게 합니다.

* 중국 4대 기서
『삼국지』, 『서유기』, 『수호지』, 금병매

동관왕묘

· · · ·

"玉可碎, 而不可改其白(옥가쇄, 이불가개기백)
竹可焚, 而不可毁其節(죽가분, 이불가훼기절)"
구슬은 부서져도, 그 흰빛을 잃지 않고,
대나무는 불에 타도, 그 마디가 상하지 않는다.

나관중의 『삼국지연의』에 나오는 구절입니다.
그 말씀의 배경은 이러하지요.

"제갈근이 먼저 입을 열어 운장(관우)에게 말했다.
'오늘 제가 장군을 찾은 것은 오후(손권)의 특명을 받은 까닭이오.
예부터 시무를 아는 사람을 준걸이라 했습니다.
장군이 가졌던 형주와 양주 9군은 오후의 소유가 되었습니다.
지금 장군은 맥없는 맥성에 의지하고 있습니다.
군사는 병약하고 식량은 떨어졌습니다.
구원병이 올 수 없으니, 앞날이 캄캄할 것입니다.
위태롭기가 조석에 달려있습니다.
이제 앞날을 없으니, 오후에 귀순하십시오.
제갈근이 잘 말하여 형주와 양주를 다시 드리고 장군의 가솔도 만나
게 하겠습니다.
장군의 현명한 결단이 있기를 바랍니다.'

흐르는 강물처럼 如流

제갈근의 말을 인내심을 가지고 다 들어주고 나서
운장은 얼굴빛을 고쳐 정색하고 말하기를
'나는 한 사람의 무부일 따름이오.
그러나 한중왕(유비)과 결의형제를 맺은 몸이오.
한중왕은 나를 수족과 같이 여겨 대접해 주었는데
어찌 배은망덕하여 적국에 항복하겠소.
성이 함락된다면 죽음이 있을 뿐이오.
옥은 부서져도 흰색을 잃지 않으며
대나무는 불에 타도 그 마디를 버리지 아니하오.
몸이 비록 죽을지라도 이름은 죽백에 남아있을 것이오.
그대는 더 이상 내 귀를 더럽히지 마시오.
나는 손권과 한판 싸울 일만 남은 사람이오.'"

그의 지조와 절개가 참으로 본받을 만합니다.
『삼국지』의 인물 중에서 신으로 추앙받고 있는 유일한 인물이 관우인
까닭이요
  대만에 관제당이라고 하여 사당을 짓고 그를 추모하는 동묘가 있는
이유이고
  중국에 관림이라고 하여 관우의 묘를 성역화한 이유이기도 합니다.
  심지어 우리나라에서도 동관왕묘(東關王廟)라고 하여 관우를 기리는
사당이 존재하니 말입니다(서울 종로구 숭인동).

  중국에서는 황제의 무덤을 '릉'이라 하고 일반 백성의 무덤을 '분'이라
합니다.

특히 성인의 무덤을 '림'이라고 하는데
관우의 무덤이 바로 관림인 셈이지요.
중국에서 무덤에 '림'이 붙은 것은 공림과 관림 두 곳밖에 없으니
공자와 어깨를 나란히 하는 것이 관우라고 할 수 있습니다.

도교에서는 관우를 신격화하여 전쟁의 신인 관성제군(關聖帝君)이라고
부르기도 하고
공자의 묘를 문묘(文廟)라 하고 관우의 사당을 무묘(武廟)라고 하였으며
중국 후대의 황제들도 관우와 이름이 겹치지 않게 하려고 羽라는 이
름을 사용하지 않았다고 합니다.
이렇듯 그를 위대한 사람으로 받드는 데에는 이유가 있을 것입니다.
무관으로 뛰어난 용맹을 자랑하는 장수가 한둘이 아니었을진대
유독 관우만 숭상하는 이유는
무관이었으면서도 글을 많이 읽어 넉넉한 인품
그의 정신적 지조와 타협하지 않은 의기
굳센 믿음과 죽음으로 지키는 의리가 있기 때문이 아닐까 하는 생각
이 들었습니다.

자신이 불리하면 영혼도 팔아먹는 시대입니다.
세상이 자신의 이익과 유불리에 크게 요동치는 이때
좌우를 재지 않고 황소걸음으로 뚜벅뚜벅 자신의 길을 걷는 관우의
족적을 한 번쯤 생각해 볼 필요가 있습니다.

흐르는 강물처럼 如流

과정의 행복

· · · ·

『장자』「외물편(外物篇)」에 나오는 이야기입니다.

송나라 성문 앞에 사는 어느 부모를 잃은 사람이

몹시 슬퍼하여 몸이 고목처럼 수척해졌습니다.

임금이 그 사실을 알고 효자라 하여 벼슬을 주고 장관으로 삼았습니다.

그러자 그 마을 사람들은 모두 수척해져서 굶어 죽은 자가 반이나 되었습니다.

마을 사람들은 자신이 효도하면, 아니 효도하는 척을 하면

윗사람에게 인정받아 모두 장관이 될 수 있을 것으로 생각했을 것입니다.

결국 명예와 돈이 목적이고, 효도는 수단이 되어버린 셈이지요.

본말이 전도된 현상입니다.

이렇듯 우리는 살아가면서 수단의 목적화를 아프게 겪는 경우가 많습니다.

훌륭한 사진작가는 좋은 이미지를 얻는 것이 최종 목적입니다.

물론 원하는 이미지를 얻기 위해서는 좋은 장비가 필요하지요.

장비는 수단입니다.

그런데 많은 작가가 이미지가 아니라 장비 자체에 함몰되어

사진기를 모으는 것이 취미가 되거나 렌즈에 함몰된 삶을 살아가는

경우가 있습니다.

현대기술의 축약은 인류 최고의 기술인 스마트폰을 탄생시켰습니다.
그 5인치도 안 되는 작은 화면 속에서
페이스북, 밴드, 카카오톡, 트위터 등등을 통해 울고 웃는 현실을 보게 됩니다.
그리고 점점 더 즉흥적이고 자극적인 것에 길들여지지요.
진지한 고민은 사라지고 껍데기만 핥고 있는 우리는
어쩌면 스마트폰의 노예가 되어가고 있는지도 모를 일입니다.
목적과 수단이 뒤바뀌어 슬픈 세상이지요.

잘나가는 스포츠 스타 뒤에는 항상 겸손이 붙어있습니다.
만약 교만이 그사이에 끼어들게 되면 지나친 자신감에 빠져
스스로 연습을 게을리하게 되고, 그 결과는 고스란히 게임에 반영될 것이기 때문입니다.

현실 세계를 부정하고 살기는 어려운 일입니다.
그리고 그럴 필요도 없지요.
단지 우리 앞에 물밀 듯이 펼쳐지는 절제되지 아니하고, 정제되지 아니한 정보의 홍수 속에서
자기 내면에 좀 더 집중할 필요가 있습니다.
그것이 결과를 중시하는 사회 속에서 얻어질 수 있는 과정의 행복이니까요.

흐르는 강물처럼 如流

. . . .
두위봉에 다녀와서

함백산 자락 두위봉에 다녀왔습니다.
호사가들은 산이 거기 있으므로 산에 오른다고 하지만
어쩌면 반복되는 일상에 지쳤을 때
혹은 인생의 고독에 침잠했을 때
그리고 삶이 건초처럼 메말랐을 때 우린 산을 찾게 됩니다.

바람이 산을 흔들 수 없는 것처럼 산은 언제나 그 자리에서
힘들여 오르는 사람만이 느낄 수 있는 언어로
때로는 침묵으로 땀의 소중함을 일깨워 주니까요.

봄이 꼬리를 감추고 사라진 공간에
여름이 지천으로 널려있는 초목에 생기를 불어넣고
맑은 공기와 깨끗한 정기로 등산객을 맞이하는 산은
모든 것을 포용하되 교만하지 않은 구도자의 모습을 닮았습니다.

초입부터 참나무가 군락을 이뤄 하늘을 향해 열병하는 호젓함과
간간이 나그네의 시름을 덜어주는 이름 모를 야생초
물소리 바람 소리와 어우러진 산새들의 지저귐은
6월, 한낮의 행복을 물어다 주었습니다.

정상부에 철쭉 군락지는

이른 세월 탓에 불타듯 화려한 철쭉을 보여주지 못했지만

망무제(望無除, 바라보는 시선의 끝없음)의 툭 터진 시야만큼이나 너른 가슴을 선물하였습니다.

삶이 지치고 힘들다면 산에 올라봄 직합니다.

한발 한발 올라가는 과정의 순수함이

삶의 욕심을 벗고 세상을 조망할 수 있는

포근함을 아무 대가 없이 선물하니 말입니다.

인생의 많은 위대함이 산에서 잉태하였다는 말씀이 있습니다.

침묵의 미학을 일깨워 주는 산은 어떤 음악이나 문학이나 철학보다도 위대합니다.

흐르는 강물처럼 如流

• • • •

옳음과 그름

『장자』의 「제물론」에 나오는 이야기입니다.

> "가령 내가 당신과 논쟁했는데 당신이 나를 이기고 내가 당신을
> 이길 방법이 없다면
> 정말로 당신은 옳고 내가 그른 것인가?
> 내가 당신을 이기고 당신이 나를 이길 방법이 없다면 나는 정말로
> 옳고
> 당신은 정말로 그른 것인가?
>
> 한 사람이 옳고 한 사람은 그른 것인가?
> 아니면 양쪽이 모두 옳거나 양쪽이 모두 그른 것인가?
> (그러니 논쟁으로는) 나와 당신 서로를 이해할 수 없다."

논리로 무장하고 이론적 빈틈이 없는 장자도
논쟁을 즐겨 하지 않았다고 합니다.
그 이유는 모든 것이 그 이유가 있고 그 원인을 모르면 편협함에 빠
지지 쉽기 때문입니다.

학의 다리는 대체로 길게 만들어졌습니다. 다리가 긴 만큼 목도 길게
마련이어서

222

땅에 있는 먹이를 먹는 데 불편함이 없습니다.

만약 학의 다리에 오리의 목이 붙어있다면 학은 존재할 수 없었을는지 모릅니다.

마찬가지로 오리는 다리가 짧은 만큼 목의 길이도 짧습니다.

어느 것이 옳고 어느 것이 그르다는 판단은 옳지 않다는 것이지요.

사실 절대적으로 무식한 사람도 없고

절대적으로 유식한 사람도 없습니다.

누구나 자신이 아는 것과 모르는 것을 가지고 있습니다.

알고 있는 지식의 중요도에 따라서 무식한 사람인가?

학식 있는 사람인가? 이것이 결정되는 것입니다.

대학 강단에서는 풍부한 이론과 깊이 있는 지식이 유용하지만

아프리카 초원에서는 덫을 놓고 사냥하는 지식이 더 유용합니다.

세상엔 다양한 사람들이 다양한 삶을 살아가고 있습니다.

일류 피아니스트가 집 짓는 미장이의 일을 잘할 필요가 없으며

미장이 역시 피아노를 잘 칠 필요는 없습니다.

어쩌면 내가 갖고 있는 것이 세상의 온갖 기능 중에서 아주 작은 부분에 해당한다고 할 수 있지요.

그래서 지식을 함부로 드러내면 안 되는 것이고

나보다 못하다고 함부로 판단하여 상대방을 업신여기면 안 되는 것입니다.

세상에 귀하고 멋지지 않은 인생은 없는 것이며

무시당해도 좋은 사람은 존재하지 않기 때문입니다.

흐르는 강물처럼 如流

살아있는 것은 아름답다

살아있는 것은 아름답습니다.
인류가 생명을 유지하고자 많은 동식물의 희생을 요구하고 있지만
아이러니하게도 인류는 단 하나의 생명도 창조해 낼 힘이 없습니다.
생존의 욕구를 벗어나 있음에도
단지 즐거움을 위하여 다른 생명을 해치는 경우도 많으니
초록별 지구에 인간만큼 많은 업을 짓고 사는 생명도 없다고 생각합
니다.

어찌 되었거나 살아있는 것보다 아름다운 것은 없습니다.
살아있는 물고기는 강을 거슬러 올라가지만
죽은 물고기는 강물에 떠내려갑니다.

인간의 손과 눈길이 미치지 못하는 곳
하찮은 미생물이라도 살아있는 것은 아름답습니다.
이름없는 들풀과 땅속에 사는 땅강아지와 같은 미물들도
살아있으므로 아름답고 신비한 것입니다.
그러니 작은 생명이라도 가벼이 여겨서는 안 됩니다.

우린 살아있음으로 매 순간 감사해야 합니다.
살아있는 이유 하나만으로도 눈물겹게 아름다운 것이니 말입니다.

인생을 행복하게 살아가는 방법의 하나는
오늘이 내 인생의 마지막 날이라고 생각하는 것입니다.
그러면 아침에 찬란히 떠오르는 해의 의미와
풀 포기에 맺힌 아침이슬의 아름다움과
늘 옆에 있어 잊힌 고마운 사람들을 큰 울림으로 느낄 수 있습니다.

감사하지 않을 수 없는 멋진 삶이 내 앞에 펼쳐져 있다는 것,
지금 우리가 느껴야 할 가장 소중한 것입니다.

• • • •

도법자연

유난히 메마른 날의 연속입니다.
시끌벅적한 사람 소리와
자동차 소리에 함몰되어 살아왔던 도시보다
밤엔 아련히 개구리 울음소리가 들리고
아침에 이름 모를 산새 소리에 잠이 깨는
전원생활이 자연을 느낄 수 있어 참 좋습니다.

도시에 살 때는 자라는 식물을 관찰한다는 것이
그리 쉬운 일은 아니었습니다.

흐르는 강물처럼 如流

그만큼 일기예보에도 관심이 없어 무미건조한 삶을 살고 있었지요.
전원에 살면 비가 오면 오는 대로
안 오면 안 오는 대로 식물들 입장에서 먼저 날씨를 헤아리게 됩니다.

이는 관계성에 기초하기 때문입니다.
그 속엔 배려와 사랑, 감사와 행복의 염(念)이 들어있습니다.
아침마다 오이가 손을 뻗어 조금씩 자라고
노란 꽃 자락엔 미니어처 같은 오이를 매달고
예쁘게 성장하는 모습은 도시에서는 보기 힘든 풍경입니다.

수확의 기쁨 이전에
스스로 자라고 열매 맺는 자연은
이미 풍성함을 한가득 안겨주었습니다.

가뭄이 깊어져 갈수록 농민의 마음도 갈라진 논바닥이 됩니다.
이는 한 해 농사를 망친다는 경제적 관념에 앞서
자식같이 심고 기른 농작물이 죽어가는 안타까움이
감정에 동화되어 나타난 마음의 결과입니다.

일찍이 노자는 이런 말씀을 남겼습니다.
　　"人法地 地法天 天法道 道法自然"
　　인법지 지법천 천법도 도법자연

　　사람은 땅에서 태어나 땅의 법을 따르고,

땅은 하늘 아래 존재하며 하늘의 법을 따르고,
하늘은 도(道)를 따르고,
도(道)는 자연을 따른다.

어느 것 하나 버릴 수 없는 천의무봉(天衣無縫)이 자연일진데
예년에 지루했던 장마를 올해 학수고대하는 이유는
타들어 가는 농심과 그 궤를 같이하기 때문입니다.

· · · ·
과일나무가 일찍 죽는 이유

나무 중에서 가장 수명이 짧은 것은 과일나무입니다.
과수원 지기가 거름을 듬뿍 주고 전지를 잘해주어
나무의 틀을 잘 잡아놓아 무성히 잘 자란 경우에도
30년 이상 과일을 제공하는 경우는 드뭅니다.

엊그제 뜰보리수를 수확하였습니다.
가지마다 주렁주렁 얼마나 많이 열렸는지
가지가 부러질 정도의 미련스러움을 보여주었습니다.
물론 탐스러운 열매 수확은 많이 했지만
왠지 나무의 본성과는 다른 것 같아 씁쓸하기도 하였습니다.

우린 유전자 변이와 조작의 시대에 살고 있습니다.

나무를 혹사해서라도 열매를 크게 하고 많이 열리게 종자를 개량합니다.

그 결과 농업 생산량이 급격하게 늘어났지만

그 열매는 제공하는 나무의 수명은 짧아졌습니다.

요즘은 총량의 법칙이 유행하고 있습니다.

공무원 수의 총량이라든지 학급 수의 총량을 정해놓고

정책을 펼치는 경우를 의미하지요.

어쩌면 우리네 인생도 살아가면서 느끼는 불행과 행복의 총량이

어느 정도 정해져 있는지도 모를 일입니다.

세계적 천재들은 비교적 단명했으며,

유명한 예술가들은 젊어서 모진 고생을 하다가

말년이나 사후에 유명하게 된 경우가 많으니 말입니다.

그러니 못생긴 나무가 산을 지킨다는

장자의 무용지용(無用之用)을 다시 한번 곱씹어 볼 필요가 있습니다.

세상을 둘러보면 잘난 사람 천지입니다.

나보다 능력이 뛰어난 사람들로 가득 차 있고

나만 처진 듯한 느낌이 들 때도 많습니다.

유용한 나무가 일찍 베어지듯이

많은 열매를 맺은 나무가 단명하듯이

겉으로 보이는 화려함이 행복의 조건은 아닐 수 있습니다.

질투와 부러움으로 행복을 쟁취할 수는 없습니다.
내가 뿌리내린 곳이 보잘것없거나
다소 불편함이 따른다고 하더라도
물방앗간의 노인처럼
스스로 자신의 위치에서 행복을 찾는다면
그보다 더 멋진 인생은 없을 겁니다.

....

행복하기 위해서는 쓸데없는 증오를 버려야 합니다.
증오란 내가 독을 마시고
상대방이 죽기를 기다리는 것이나 진배없는 것이니 말입니다.

....

흐르는 강물처럼 如流

• • • •
소인(小人)으로 살기

『논어』에 다음과 같은 말이 나옵니다.
　　"군자는 어찌하면 훌륭한 덕을 갖출까를 생각하고
　　소인은 어찌하면 편안히 살 것인가를 생각한다.
　　군자는 어떻게 하면 바르게 살 것인가를 생각하고
　　소인은 어떻게 하면 돈을 많이 벌 것인가를 생각한다."

세상은 흑백논리인 이분법적으로 살아낼 수는 없고
현실적으로 두부 자르듯이 삶을 구분할 수도 없는 일이지만
우린 사회적 판단의 무비판적인 수용으로 인하여
군자는 무조건 옳고 소인은 그르다는 인식이 박혀있습니다.

그런데 조용히 내가 살아온 삶을 반추해 보면
기분 나쁘게도 소인을 닮았다는 것을 부인할 수 없습니다.
덕은 배부름을 제공하지 않았기에
어떻게 하면 좀 더 편하게 살 것인가를 궁리하였고
바르게 산다는 것은 옳은 일이지만
사회적으로 지탄받지 않는 정도라면 이익을 추구하며 살아온 것이
사실이기 때문입니다.

군자가 선(善)이면 소인은 악(惡)이라는 개념은 옳지 않습니다.

어쩌면 소인은 평범한 사람의 모습을 닮았으니 말입니다.
본성에 기초하여 살아가는 것이 삶의 진실한 모습이라면
굳이 대인과 소인을 구분 짓고 살아야 할 이유가 없는 것이지요.

소인으로 살아가면서도 스스로 자신을 대인이라고 기만하고 싶은 것이
우리네 인생입니다.
남이 보는 앞에서는 위선을 떨면서
뒤에서는 호박씨를 밝히는 사람이 많은 이유이기도 하지요.

차라리 거짓 없는 마음으로 소인으로 규정짓고
가끔 대인배의 멋스러움을 닮아가려고 노력하는 것이
훨씬 더 인간적인 모습이 아닐까 하는 짧은 생각을 피력해 봅니다.

흐르는 강물처럼 如流

• • • •
사람이 개를 물면

개가 사람을 물면 뉴스거리가 되지 않지만
사람이 개를 물면 뉴스거리가 됩니다.
이건 송건호 선생의 1979년 칼럼집
『무지개라도 있어야 하는 세상』에 나온 이야기입니다.

사람 속에는 특이한 현상이나 사실에 관심이 쏠리게끔
독특한 유전인자가 각인되어 있나 봅니다.
그러다 보니 인터넷이나 페이스북, TV, 뉴스에는 온갖 자극적인 내용
이 넘쳐납니다.

기삿거리는 사회에 영향을 미치는 크기에 비례하지 않습니다.
어쩌면 아무 의미 없는 사실도 특이하면 충분히 기삿거리가 되는 것
이 세상이지요.
그것이 알 권리와 교묘하게 버무려져 언론의 도마 위에 오르게 됩니다.

문제는 그 방향성에 있습니다.
우리가 사는 사회는 선량한 시민들이 성실하게 하루하루를 살아내는
것이 대부분일진대
신문이나 매체는 우리 사회의 바늘 끝만큼도 안 되는
토막 살인이나 강도 추행 불륜 뺑소니…. 이런 기사로 넘쳐납니다.

기사만으로 사회를 판단한다면 말세도 그런 말세가 없을 겁니다.

소말리아나 아프리카 그 빈약한 땅에서 기근으로 굶어 죽어가는 기사 아래에는
다이어트 광고가 대문짝만하게 실려있는 경우도 많습니다.

따뜻한 사회는 구성원이 만들어 가는 것입니다.
악행이 드러나고 선행이 묻히는 사회는 옳지 않습니다.
주변을 둘러보면 칭찬하고 감사하며 사랑이 충만한 기삿거리가 많음에도
관심 밖으로 치부되는 것은 안타까움입니다.

기사뿐만 아니라 우리가 전하는 사소한 말 한마디라도
부정보다는 긍정이었으면 좋겠습니다.

흐르는 강물처럼 如流

하여(何如)와 여하(如何)

현대를 살아가는 젊은이들도 고전을 읽으면 좋겠다고 생각합니다.

그 속에는 우리가 간과했던 삶의 지혜가 주저리주저리 녹아있기 때문입니다.

초한지에는 항우와 유방의 전쟁 역사가 실려있습니다.

한나라 고조인 유방은 가방끈이 짧은 사람입니다.

외상술이나 퍼마시던 가난한 집안의 한량 출신이지요.

그러나 자기보다 뛰어난 한신, 장량, 진평, 역이기 등 쟁쟁한 신하들의 지혜를 빌립니다.

힘이 장사로 알려진 항우는 출신 성분이 우수합니다.

대대로 초나라 장군을 지낸 명문 귀족 출신이지요.

항우의 진영에는 범증이라는 책사가 있었으나 훌륭한 계책들이 잘 받아들여지지 않습니다.

항우는 전쟁 영웅이었지요.

연전연승을 거둔 항우는 이길 때마다 부하들에게 '하여(何如)'라고 말합니다.

즉 '어떠냐?'라고, 자랑스럽게 말하곤 했습니다.

하지만 학문도 부족하고 전쟁에도 서툴렀던 유방은

곤경에 처할 때마다 부하들에게 이렇게 이야기합니다.

여하(如何)

'어떻게 하지?' 하고 부하들의 의견을 묻곤 했지요.

싸움은 항우가 계속 이기고 있는데

병사들의 숫자는 유방이 계속 늘어나고 있습니다.

이는 포용력의 차이가 지도력의 차이로 이어진 결과입니다.

어쩌면 유방은 집단지성의 우수성을 이미 알고 있었는지도 모릅니다.

사람을 믿어주고 의견을 존중해 주면

유능한 인재가 모이게 되어있으니까요.

유방의 일화는 우리에게 참된 지도자의 길을 알려주고 있습니다.

결국 초나라와 한나라의 전쟁은

항우의 통제적 리더십과 유방의 혁신적 리더십의 충돌이라고 봐도 무방할 것입니다.

또한 전쟁에서 승리하면 항우는 그 전리품을 긁어모아 부하들에게 나누어주었지만

유방은 군사를 엄히 단속해 사람을 죽이거나 재물을 빼앗지 못하게 했습니다.

민심을 등에 업고 천하를 얻고자 하는 안목이 있었기 때문입니다.

유방을 배울 필요가 있습니다.

그가 천하를 통일해서가 아니라

흐르는 강물처럼 如流

멀리 보는 안목과 아랫사람과 지혜를 나누는 리더십이 있기 때문입니다.

그래서 저는 "불치하문(不恥下問)"이라는 말씀을 좋아합니다.
 * 아랫사람에게 묻는 것은 부끄러운 일이 아니다.

• • • •
돌의 노래⋯. 팔봉산을 오르며

주말에 잠시 짬을 내어 홍천 팔봉산에 올랐습니다.

팔봉산은 해발 327m로 홍천강과 어우러져 경관이 좋아 한국 100대 명산에 들어있는 산이지요.

봉우리가 8개라 팔봉산이지만 5봉과 6봉 사이에 이름 없는 봉우리가 있으니

어쩌면 팔봉산은 구봉산이라고 이름하여야 옳을 것입니다.

예로부터 숫자 9는 완전수로 아흔아홉 구비라든지

화양구곡, 가야구곡, 쌍곡구곡 등 명승지에 붙여지곤 했습니다.

그러니 9봉을 8봉으로 줄인 것은 팔봉이 그만큼 겸손하기 때문이 아닐까 하는 생각을 하였습니다.

아기자기한 돌산을 오르락내리락 8봉까지 가는 길은

산을 하나하나 넘는 재미로 시간 가는 줄 몰랐습니다.

2봉, 깎아지른 절벽을 밧줄 하나에 의지하여 오르노라면
정상부에 시어머니 이 씨. 며느리 김 씨, 시누이 홍 씨를 모시는 삼부
인당이 있습니다.
팔봉리에서 팔봉산에 의지하여 살다가 팔봉산신이 되었다는 설도 있고
삼신은 하늘의 신, 땅의 신, 물의 신을 의미한다는 말씀도 있습니다.
2봉에서 3봉 사이에 밧줄을 타고 10m를 오르면
커다란 바위 아래 열 평 남짓한 평석이 놓여있습니다.
일제 강점기 때 마을 사람들이 이곳에 들어와 베를 짜 공출의 피해를
막았으며
전란 중에는 피난처로 많은 사람의 인명을 살려낸 곳이라고 하니
가파르고 발 디딜 틈조차 허락하지 않는 돌산이
이렇듯 따듯한 역사를 품고 있다는 것이 멋스럽게 느껴졌습니다.

또한 3봉의 남근 형상을 한 장군바위와
4봉의 여근 상징인 해산굴은 묘하게 얽혀져 잔잔한 재미를 주었습니다.

산 정상에 오르면 아스라이 보이는 인간세의 모든 것들이
미니어처처럼 작아진 모습을 접하게 됩니다.
값비싼 외제 차나 값싼 소형차나 비슷한 크기의 상자 모양으로
동질화되는 시점에 서면
우리가 울고 웃고 부딪는 일상의 모습에서 한 발짝 물러나
세상을 조망할 수 있는 넓은 마음을 갖게 됩니다.

흐르는 강물처럼 如流

그것이 우화등선(羽化登仙)인 것이고
물외 세계에서 해탈의 경지를 심안으로 체득하는 것이 아닐까 하는
생각에
오늘 하루 속세를 털고 신선이 된 느낌으로 행복하였습니다.

• • • •
완 벽

완벽(完璧, 온전할 완, 구슬 벽)이라는 말이 있습니다.
이를 풀이하면 '구슬을 온전히 지켰다.'란 의미입니다.
조나라의 승상 인상여가 진나라에 대항하여
화씨의 구슬을 지킴은 물론 자신의 목숨도 지키고
조나라의 명예로 떨어뜨리지 않았던 고사를 배경으로 하고 있지요.

인디언은 성년이 되면 동그랗고 예쁜 돌을 모아 팔찌를 만듭니다.
그런데 그 가운데 못생긴 돌을 꼭 하나 끼워 넣는다고 합니다.
그 이유는 세상도 사람도 완벽한 것은 없기에
그것을 잊지 않기 위한 그들의 지혜인 셈이지요.

뛰어난 운동선수는 완벽을 추구하지 않습니다.
자신의 기량을 항상 보완하고 수정하려고 매 순간 애쓸 뿐이지요.

그것이 힘든 운동 속에서도 행복을 가져다주는 계기가 됩니다.

저는 개인적으로 완벽을 추구하는 사람을 좋아하지 않습니다.
저 자신이 매우 구멍이 많기 때문이기도 하거니와
'빈틈없다.'라는 것이 곧 '인간미가 없다.'라는 동의어로 들리기 때문입니다.

"각자무치(角者無齒)"라는 말씀이 있습니다.
뿔이 날카로운 짐승은 예리한 이빨이 없다는 것이지요.
모든 것을 다 갖추고 살 수는 없습니다.

발이 네 개 달린 동물에겐 날개가 없습니다.

흐르는 강물처럼 如流

· · · ·
다양성 인정하기

로마의 황제 아우렐리우스는 매일 아침 거울을 보면서
자신에게 이렇게 말했다 합니다.
"오늘도 귀찮은 사람, 야비한 사람, 교활한 사람과 마주할지 모른다.
그러니 더 힘을 내자!"

『논어(論語)』의 「자로(子路)편」에는 다음과 같은 말씀이 나옵니다.
　　"군자화이부동 소인동이불화(君子和而不同 小人同而不和)"
　　군자는 다양성을 인정하고 서로 화합하지만,
　　소인은 다름을 인정하지 않고 획일적인 것을 추구한다는 말씀이
　　지요.

세상은 다양성이 이끌어가는 것입니다.
한류와 난류가 만나는 곳이 황금어장이 됩니다.
세상 사람들이 다 내 맘과 같다면
세상은 얼마나 단조로울까요?

때론 다양성이 불편하게 여겨질 수 있습니다.
나와 다르다는 것은 증오의 대상이 될 수도 있고
그 결과는 투쟁과 갈등, 논쟁과 독설로 돌아올 수도 있을 것입니다.

그러나 우리가 다양성을 인정하는 순간
그 모든 것은 관용 아래 이해되고 순화됩니다.
상대방의 입장에서 자신을 바라볼 수도 있고
자기 반대편에 섰던 사람들을 존경할 수도 있는 것입니다.
초식동물끼리 놓아두면 영역 다툼이 일어나고
육식동물끼리 놓아두면 치열한 생존경쟁이 발생합니다.
그들이 공존할 때 평화가 찾아오게 마련입니다.
(물론 일부 자연 현상의 결과로 인한 먹이 사슬은 인정해야 하지만…)

상대방을 인정하기는 쉬운 일이 아닙니다.
뭔가 내가 밑지고 들어가는 것 같은 생각이 들기 때문이지요.
하지만 내게 없어지는 것은 없는 데 반하여
상대방의 마음을 얻을 수 있으니
세상을 살면서 그처럼 중요한 것도 없다는 생각이 들었습니다.

인정할 건 인정하고 삽시다!

흐르는 강물처럼 如流

우린 하나뿐인 생명, 하나뿐인 인생, 하나뿐인 삶을 위하여
모두가 승자가 되는 윈윈의 삶을 살아야 합니다.
시계보다는 나침반이 중요하니까요.

제6장

인생의 주인공

풍선 봉사를 하면서

몇 년 전에 어린이날을 맞아 봉사활동을 한 적이 있습니다.
풍선 봉사였지요.
풍선아트에 문외한에 가까운 저는 칼이나, 푸들, 꽃 등등 아주 쉬운
것을 만들어 아이들에게 나눠주고 있었습니다.

잠시 후에 전문가가 나타난 덕에
저는 어쩔 수 없이 풍선에 바람 넣는 풀무장이가 되어야 했습니다.
오전 내내 풍선에 바람을 넣는 일은 결코 쉬운 일이 아니었습니다.
그런데 풍선도 각각 모양을 내서 만든 것들이 있더라고요.
토끼나 고양이, 강아지…. 불면 신기하게도 동물 모양이 나왔습니다.

바로 옆에는 헬륨 가스를 넣은 풍선을 파는 아저씨가 있었습니다.
그분은 바람을 가스통에서 넣기 때문에 바람 넣는 것이 일도 아니었
지요.
그분은 노랑 풍선에 바람을 넣어 끈을 묶어 판매하고 있었습니다.

병아리처럼 노란 옷을 입은 세 살짜리 꼬마가 보이기에
토끼 모양의 풍선을 불어 손안에 쥐어주었습니다.
마냥 좋아하는 아이를 보며 마음이 흐뭇했지요.

잠시 후에 아이가 돌아와 밋밋한 노랑 풍선을 달라고 해서
노랑 풍선을 빵빵하게 불어 주었습니다.
그런데 아이는 뭔가 불만이 가득 있는 눈이었습니다.
옆에 아저씨의 노랑 풍선은 하늘로 둥둥 뜨는데
자기 것은 그렇지 않다는 것이지요.

아이는 풍선이 하늘을 나는 것이 그 풍선의 색이 아니라
그 안에 어떠한 가스가 들어있느냐 하는 것을 인지할 수 없었으니
아이의 떼씀은 당연하였지요.

그렇습니다.
풍선을 날게 하는 것은 모양이나 색상의 외형에서 오는 것이 아니라
그 안에 어떤 것이 들어있는가 하는 내면에 있는 것입니다.

우리의 삶 속에서
외연적 아름다움도 중요하지만, 내면적 아름다움도 참으로 중요한 것
인데 그것이 간과되는 것 같아 안타까울 때가 많습니다.
명품 핸드백을 들든, 비닐봉지를 들든
중요한 것은 내용물일 텐데 말입니다.

나이가 들면 외양적으로 드러나는 얼굴에
그 사람의 살아온 삶이 묻어나온다는 말이 있습니다.
나무에 나이테가 쌓이듯,
외양도 세월이란 연륜을 통해 자연스레 가꾸어지는 것이지요.

흐르는 강물처럼 如流

그러니

묵상하지 않는 인생은 깊이가 없고

숙고하지 않는 인생은 가치가 없는 것입니다.

. . . .
지리산 등정기

남한에서 가장 높은 산 10위 안에는 강원도의 산이 7개나 들어있습니다.

가장 높은 것은 한라산 1,950m이고

두 번째가 지리산 1,915m입니다.

세 번째가 설악산 1,708m이니 앞의 두 산보다 무려 200m 차이가 있습니다.

내륙에서 가장 높고 어머니의 품속 같은 민족의 영산

지리산을 찾았습니다.

지리산은 신선이 내려와 살았다는 삼신산(三神山, 금강산, 한라산, 지리산)의 하나로

智(지)혜로운 異(이)인이 많이 산다는 의미로 지리산이라고 한답니다.

국립공원 1호로 지정되어 있으며, 우리나라 5대 명산 중의 하나이지요.

계곡물 소리가 시원한 중산리에서 1박을 하고
이슬이 마르기 전 시간 산행을 시작하였습니다.
돌과 계단으로 이루어진 길을 묵묵히 걸어야 하는 산행은
침묵으로 도를 닦는 구도자의 모습 그대로입니다.

한 시간 반 만에 법계사에 도착하였습니다.
법계사는 빼어난 주변의 경관과 잘 어울려 한 폭의 동양화 같은 느낌
을 주었습니다.
특이하게도 불상이 없고 부처님의 진신사리를 모신 적멸보궁인데
우리나라 5대 적멸보궁에는 들지 못한 사찰인 것이 의아하였습니다.
5대 적멸보궁: 양산 통도사, 오대산 상원사, 설악산 봉정암, 사자산
법흥사, 태백산 정암사

이곳에서부터 천왕봉까지는 가파른 산길을 걸어야 합니다.
1시간 30분을 땀 흘려 걸으면 깎아지른 절벽 아래에 맑은 샘이 나오
는데
이것이 천왕샘입니다.
남강의 발원지이기도 한 이곳에서 잠시 목을 축이고 30분을 더 올라
가면
드디어 지리산의 정상 천왕봉에 이르게 됩니다.

천왕봉(天王峰)은 말 그대로 하늘의 왕을 상징하는 말이니

천산만학을 발아래 아우르고
우뚝 솟아 민족의 영산을 자처하는 매우 지혜로운 산이지요.

그러니 이 영험한 산에
일본 놈들이 산의 정기를 끊고자 쇠말뚝을 박았습니다.
지금은 그 말뚝을 파내어 전시된 것을 볼 수 있는데
그렇게까지 해야 하는 민족의 얍삽함에 혀를 내두를 수밖에 없었습
니다.

그도 그러할 것이
사무라이가 판치던 일본은 성주가 항복하면
그 아래 사람들은 자연스럽게 항복하여 상대방에 복속되는 역사가
있습니다.

그런데 임진왜란 당시에 성은 허물어지고 왕도 도망가 버렸는데도
의병이 곳곳에서 일어나 죽기를 마다하지 않고 항거하였고
살생을 금하는 스님들까지 승병을 조직하여 대항하였으니
그들이 우리의 민족성에 얼마나 놀랐는지를 간접적으로나마 느낄 수
있습니다.
쇠말뚝에 의지하려는 저들의 의도가 가련해 보이기까지 합니다.

천왕봉에서 지리산의 정기를 받으며 주먹밥으로 점심을 해결하고
장터목 쪽으로 길을 잡았습니다.
장터목은 해발 1,750m나 되어 대청봉보다 높은데도

삼국시대부터 함양 주민들과 산청 백성들이 이곳까지 올라와
물물교환했다고 합니다.
별다른 운송수단 없이 등짐으로 생필품을 거래했다니
인간, 힘의 위대함을 새삼 깨닫게 됩니다.

하산 길…. 칼바위까지 아주 긴 긴 돌길을 걸으면서
낯선 숲속에서 자신을 돌아보는 시간을 가졌습니다.
사람이 있고, 이야기가 있고, 자연이 있는 지리산은
그 자체가 한없는 행복으로 다가왔습니다.

산은 사유의 고향이며, 철학의 산실입니다.

흐르는 강물처럼 如流

풀잎 향기

초창기 인터넷의 보급이 94년 무렵이었으니
인터넷을 사용한 지 벌써 30년이 넘었습니다.
세월이 참 빠르다는 느낌을 지울 수 없습니다.

저의 인터넷 속 닉네임은 풀잎향기입니다.
우리의 관심은 대부분 꽃에 집중되어 있습니다.
화단에 있는 작물도 꽃이 피기 전에는 잡초와의 구분이 쉽지 않은 일
이니까요.

그러나 꽃은 잎이 없으면 피어날 수 없는 존재입니다.
잎은 아무런 조건 없이 꽃을 피워 올리는 데 조력하되
스스로 드러냄이 없이 잊히는 존재일지도 모릅니다.

풀잎은 화려함이라곤 찾아볼 수 없고
그냥 무덤덤하기 그지없지요.
그러나 그러한 풀잎도 향기가 있습니다.
그건 세상을 향한 작은 밀알로서 존재하기 때문일 겁니다.

자기의 몸을 태워 주변을 밝히는 촛불과 같이
풀잎은 상처를 향기로 승화시키는 힘이 있습니다.

풀잎을 닮아가고자 하는 마음에서 지은 닉네임인데요.
그저 소박함이 좋아서 붙인 이름이랍니다.

매일 먹는 밥은 별맛이 없습니다.
그 맛없음이 매일 먹어도 질리지 않는 원천이 됩니다.
풀잎 또한 별 멋이 없습니다.
그 꾸미지 않는 멋없음이 평범함의 단초가 됩니다.

草香(초향)….
　한자로 써 놓고 나니 뭔 기생 이름 같은 느낌!
그저 남보다 잘난 것 없이, 또한 그리 못난 것 없이
평범하게 살다 가고 싶은 제 욕심의 반영입니다.

흐르는 강물처럼 如流

•••
정신적 승리 법

중국은 자기 자신만 세계의 중심이고
　*(中國): 세계의 중심이 되는 나라
나머지는 모두 오랑캐로 규정하였습니다.
　동이(東夷) 서융(西戎) 남만(南蠻) 북적(北狄)이라고 해서 모두 오랑캐라
는 의미가 있지요.
　*이(夷): 오랑캐 이
　*융(戎): 오랑캐 융
　*만(蠻): 오랑캐 만
　*적(狄): 오랑캐 적

우리나라는 동쪽에 있는 관계로 동이라고 불리었습니다.
상당히 기분 나쁜 표현임에는 틀림이 없지요.
그런데 우리나라에서는 夷[오랑캐]를 겨레라고 부르기 좋아합니다.
이른바 정신적 승리법인 셈이지요.

누군가 자기에게 '시발놈'이라고 부른다면 기분 좋을 사람이 없습니다.
　그런데 욕을 먹은 사람이 始發이라고 풀이하고 처음으로 시작한 선
구자를 지칭하는 것이니
　저 사람이 나를 시발놈이라고 부르는 것은 좋은 말이니
　내가 좋게 생각하면 그만이다고 여기는 것이지요.

이 정신적 승리법의 원조는 중국 루쉰의 아큐정전입니다.

"이 남자가 사는 법은 독특했다.

건달들에게 변발을 잡히고 두들겨 맞은 후에도

'나는 자식에게 맞은 셈 치자, 요즘 세상은 정말 개판이야…'

라고 생각하고는 스스로 만족해서 의기양양했다.

그는 오른손을 들어 자기 뺨을 힘껏 때리고는 때린 것이 자기라면

맞은 것은 또 하나의 자기라고 생각했다.

잠시 후에는 자기가 남을 때린 것이라고 간주했다.

맞는 나와 때린 나를 분리하니 분노와 굴욕을 느낄 필요도 없었다.

오히려 자기가 누군가에게 주먹을 휘두를 수 있는 존재라고 생각했으니

그에게는 패배란 있을 수 없다."

생활 속에서도 이런 '정신적 승리 법'에 종종 휘말리곤 합니다.

우린 자국 군대에 대한 전시작전통제권이 없습니다.

주권 국가로서 자국 군대에 대한 통제권을 갖는 건 너무나 당연한 일
인데도

미국을 겨우 설득해서 전작권 환수 시점을 연기해 놓고

이를 바람직한 결정이라고 환영하는 것 역시 같은 맥락이라고 할 수
있습니다.

정신적 승리 법은 스트레스를 받지 않고, 분노하지 않고

스스로 위안 삼을 수 있는 장점은 있을지 모르나

자기 자신에 갇혀서 한 발짝도 나갈 수 없는 치명적 단점을 갖고 있다
는 사실을 알아야 합니다.

흐르는 강물처럼 如流

세상의 중심은 나입니다

산업화되기 전에는 하늘에 별이 참 많았습니다.
요즘은 밝아진 주변만큼 밤하늘에 별이 사라져
별을 관찰하기가 쉽지만은 않은 세상이 되었습니다.

그 옛날엔 지구를 중심으로 태양이 도는 것이 진리였고
갈릴레오 이후엔 태양을 중심으로 지구가 도는 것이 진리였습니다.
그렇게 보면 모든 별은 제각각 은하에서 회전합니다.

끊임없이 움직인다고 하는 사실은 매우 공평한 것이지요.
그러기에 움직이는 별은 중심이 없습니다.
그건 어떤 별이든 중심이 될 수 있음을 의미하기도 하지요.
인생은 일생(一生)이라고 표현합니다.
그것은 한 번밖에 없는 삶이기 때문입니다.
그러기에 소중한 것이고, 내가 세상의 중심이 되어야 합니다.

그런데 살다 보면 콤플렉스나 능력 부족 등등의 이유로 인해
자신을 그다지 높게 평가하지 않는 사람들이 많습니다.
자존감이 낮아지는 이유이지요.

사람 위에 사람 없고, 사람 아래 사람 없습니다.

우리는 그 누구도 남을 평가하거나 낮게 볼 수 있는 자격이 없을뿐더러
자기 자신도 스스로 비하하거나 낮게 평가할 권리도 없습니다.
자기를 사랑할 수 있는 사람이 고귀한 삶을 살아갈 수 있습니다.
세상에서 그보다 귀한 존재가 없기 때문입니다.
또한 자기를 사랑할 수 있을 때 남도 사랑할 수 있으니
그것이 유가에 있어서 仁(인)을 의미하기도 합니다.

『대학(大學)』에선 "기소불욕물시어인(己所不欲勿施於人)"
자기가 하고 싶지 않은 것을 남에게 시키지 말라
하였고, 충서(忠恕)를 강조하기도 하였습니다.

송대의 정호(程顥)는 "충은 천리(天理)이고, 서는 인도(人道)이다.
충은 망녕됨이 없는 것이고, 서는 충을 행하는 소이(所以)이다.
충은 체(體)이고 서는 용(用)이며 대본달도(大本達道)이다."라고 했습니다.
또 주희(朱熹)는 충은 자기 자신의 할 바를 극진히 한다는 뜻이며,
충서는 자기를 미루어 남에게 미친다는 뜻이라고 풀이하기도 했지요.

어찌 되었거나 자기 자신이 중요합니다.
세상에 연을 맺고 살아가는 것 모든 것이 오로지 자신의 선택에 달려
있기 때문입니다.

세상의 중심은 나입니다.

류현진 선수의 커브

LA다저스의 류현진 선수는
다음과 같은 말을 남겼습니다.

"커브는 직구보다 타자를 속이기 쉽지만
회전이 많은 만큼 반발력이 커서 홈런의 위험이 큽니다."

쉬운 길에는 반드시 위험이 도사리고 있다는 말씀이지요.
위기라는 말씀은 위험과 기회의 준말이라고 합니다.
어려움을 잘 견디면 그만큼 성공 가능성이 높다는 것이지요.

어렸을 때 배나무 묘목을 심은 적이 있습니다.
묘목은 길쭉하게 한 줄기만 자란 나무였는데요.
등하굣길에 아이들의 소행인지 잘 자라고 있는 배나무 밑동을
송두리째 잘린 것이 몇 그루 되었습니다.

마음이 아주 아팠는데요.
그런데 세월이 지나 성장을 이루고 보니
그것이 나무의 모양을 잡아 기르는 데
큰 도움이 되는 반전이 있었다는 것이지요.

위기를 잘 이용하면 기회가 됩니다.

····
올가

우크라이나 중3 여학생 중

체르노빌 원전 폭발로 인해 방사선 피폭으로 후유증을 앓고 있는 아
이들이

춘천 옥광산을 치료차 방문하였습니다.

그때 학교 방문도 하였는데요.

제가 근무했던 학교에 발레부가 있었고, 그 학생 중에도 발레 전공자
가 있어

합동 공연의 기회가 있었습니다.

백러시아 계통의 우크라이나 학생들은 중3인데도

볼륨감 있는 몸매에 하얀 피부, 예쁜 얼굴….

나무랄 데 없는 신체조건으로 우월한 공연을 선보였습니다.

만약에 나에게 딸이 있다면 국제적 경쟁력이 떨어지는 발레는

절대 시키지 말아야겠다고 생각하게 된 계기이기도 하지요.

흐르는 강물처럼 如流

그때 학생들이 펜팔을 한다고 아이들 주소와 이름을 적어왔습니다.

특이하게도 '올가'라는 성이 상당히 많더군요.

제가 아이들에게 말했습니다.

"앞으로 친구를 사귈 때는 올수나 올우를 사귀어야지 올가는 아니지 않느냐구ㅋㅋ."

• • • •

신량등화

그토록 기세등등했던 여름 더위가 한풀 꺾인 모양입니다.

새벽녘 열어놓은 창문으로 들어오는 한기가,

짧아져만 가는 해가

어느새 집 안 귀퉁이에서 울어대는 귀뚜라미가

길가에 피어난 하늘하늘한 노란 마타리꽃이

진한 가을 냄새를 풍깁니다.

들녘엔 연보랏빛 쑥부쟁이가 무리 지어 피어날 준비를 하고

하늘 높이 잠자리 떼의 군무 속에

풍성함을 예약한 가을 과일들이 속살을 찌우고 있습니다.

옥수수는 마른 지 이미 오래되었고

여름을 인내한 오이도 노각이 되어 가을을 맞았습니다.
세월의 흐름은 이렇듯 침묵 속에서 느낌으로 다가왔습니다.

옛사람들은 가을을 신량등화(新涼燈火)라고 표현했습니다.
가을엔 새로이 서늘한 기운이 생기고
길어진 밤에 등불을 켜 든다는 의미가 있지요.

올가을엔 가을맞이로 책을 구매해 볼 만합니다.
스마트하고 디지털화된 세상 속에서
책 타령을 하는 것은 이미 구세대의 넋두리처럼 들릴지 모르겠으나
마음의 상처를 어루만지고 영혼을 살찌우는 데에는
독서만 한 것이 없습니다.
세계 일류 부자인 빌 게이츠가
"하버드 졸업장보다 더 소중한 것은 독서하는 습관이다."라는
말씀을 남겼으니 말입니다.

흐르는 강물처럼 如流

• • • •
취농(就農)

우린 삶이 여유로워질수록 자연과 닮은 삶을 희구하게 됩니다.
도시에서 삶에 찌들어 살다가
혹은 은퇴 후의 삶을 위하여 농촌으로 들어오는 경우가 많습니다.

대부분은 귀농이라는 표현을 사용하지요.
귀농이란 농촌으로 돌아간다는 의미인데….
애초에 도시에 태어나서 자란 사람이 농촌으로 들어가는 것에
귀농이란 표현은 바람직하지 않습니다.

농사를 배우고, 기술을 공유하고, 나아가 농업을 생계의 수단으로 삼
는 것은 취농이라고 표현해야 옳습니다.

물론 농촌 생활이 도시보다 육체적으로 힘들고
불편한 점이 많이 있지만
자연의 변화에 맞춰 사는 삶 속에는 돈으로 살 수 없는 만족감이 있
습니다.

사람은 어머니 배 속에 있는 자세가 제일 편하고
인류 태초의 모습을 닮아가는 모습에 기쁨이 있습니다.
그것이 취농의 힘든 생활 속에서도 기쁨을 맛보는 이유이지요.

· · · ·
거지가 하늘을 불쌍히 여긴다

한자성어에 "걸인연천(乞人憐天)"이란 말씀이 있습니다.
거지가 하늘을 불쌍히 여긴다는 의미이지요.
불행한 처지에 있는 사람이 행복한 사람을 동정한다는 뜻이니
거지가 도승지를 불쌍하다고 하는 격이지요.

우린 가끔 그런 상황에 맞닥뜨리곤 합니다.
정치인들을 뽑고 세비를 지출하는 이유는
그들이 정치를 잘하고 국민을 걱정하라는 의미이지만
오히려 국민이 국회 걱정을 하는 경우를 봅니다.

요즘 남북 관계가 심상치 않았습니다.
현대전은 양보다 질이고
군사력 뒤에 막강한 경제력이 승패를 결정짓는 중요한 요인이 됩니다.

어쩌면 북한 수뇌부의 행동이
걸인연천 하는 것 같은 느낌을 지울 수 없어서 말입니다.

쥐가 고양이를 걱정하거나 무시하면 이상한 법인데 말이지요.

흐르는 강물처럼 如流

텃밭에서

세월을 속일 수 없는 것을 꼽으라면 농사가 으뜸일 겁니다.
올해 부푼 마음으로 쌈채를 참 많이 심어
풍성한 수확을 나눌 요량이었는데
초여름 가뭄과 고온으로 인하여 시름시름 하던 채소가
결국 식용할 수 있는 잎은 적고 꽃대가 일찍 추대되어
시원하게 뽑아버리고 알타리와 당파를 심었습니다.

씨 뿌린 지 일주일이 지났건만 마른하늘 덕에 기별이 없다가
이번 하늘을 가른 빗발에 밭에 생기가 돌았습니다.
알타리는 가녀린 몸매로 떡잎을 두 장씩이었고
당파도 땅을 살포시 들어 올리며 뾰족한 잎을 내밀었는데
그것이 얼마나 예쁜지 글로 다 표현할 수 없습니다.

식물을 키우는 재미는 결과물로 음식을 만들어 먹는 것보다
과정의 아름다움을 느낄 수 있어서 좋습니다.
그저 수고로움 없이 씨앗을 땅에 살짝만 묻어놓았는데도
어김없이 뿌리를 내리고 싹을 틔우는 식물의 모습은
아무리 생각해도 불가사의 자체입니다.

저는 이미 폐교된 시골 초등학교를 나왔습니다.

이맘때면 전교생을 모아 풀씨를 따러 다니곤 했지요.

그때는 산에 왜 그리 나무가 없었는지 모릅니다.

풀씨를 훑어 민둥산에 뿌리면서

우리가 흔히 잡초라고 부르는 풀도 귀하게 쓰임이 있다는 것을 깨달

았습니다.

생각해 보면 세상에 귀하지 않은 것이 없습니다.

힘 있는 나라의 국회의원이나 쓰러져 가는 나라의 어린 생명이나

그 생명의 등가성은 부정할 수 없는 진실이니까요.

그러니 상대를 귀히 여기고 소중하게 대하지 않을 이유가 없습니다.

흐르는 강물처럼 如流

····

사슴이 땅을 파는 달

오늘이 '사슴이 땅을 파는 달'의 시작이기도 하고요
'아주 기분 좋은 달'의 시작이기도 합니다.
아메리카 인디언들은 9월을 위의 말처럼 불렀다고 합니다.

인디언들은 숫자나 로마자가 아닌
자신들의 주변 상황이나 온도의 변화에 따른 달라진 생활상을 달의
이름으로 삼았습니다.
그러니 좀 길긴 하지만 예쁜 달 이름을 갖게 된 것이지요.

날이 식는 것만큼이나 계절의 추이가 빨라서
야산에는 참나무가 이른 도토리를 떨구었고
응달져 습한 대지는 벌써 버섯을 피워 올렸습니다.
우린 산에게 별로 해준 것이 없는데
산은 이토록 우리에게 많은 것을 베풀어 줍니다.

인간은 기본적으로 이기적인 동물입니다.
그런데 아이러니하게도 안으로만 좁혀진 사고에서는 행복을 느끼기가
쉽지 않습니다.
어쩌면 생각이 밖을 향할 때, 그리하여 더불음과 베풂의 멋스러움을
가지게 될 때

우린 좀 더 행복에 가까울 수 있습니다.

베풀고 생색내는 것은 경계해야 합니다. 그건 하수나 하는 일이지요.
베풂의 고수는 베푼다는 사실 자체를 인식하지 못합니다.
자연의 진정한 의미이겠지요.

가을입니다.
가을엔 풍성함이 있어서 좋습니다.
세상은 부자가 될수록 각박해지는 이상한 흐름을 갖고 있지만
풍요로운 가을에 주변과 함께하는 베풂의 실천으로
더불어 행복한 우리가 되었으면 하는 바람을 싣습니다.

흐르는 강물처럼 如流

사막의 장미

작년에 줄기마다 매달은 꽃이 예뻐서
좀 무리해서 사다 놓은 사막의 장미가
여름을 지나면서 죽은 듯 시들시들하다가
가을을 맞아 다시 생기를 찾고 잎을 틔우고 있습니다.

이 넓은 세상, 좋은 환경을 마다하고
왜 사막에서 뿌리를 내리게 되었는지는 모르지만
사막의 장미, 그 생명력의 위대함은 경이로움 자체입니다.

그 척박한 땅에서 살아남기 위하여
사막의 장미는 앙상한 가지 위에 잎 몇 장에 꽃을 피워 올리고
수분을 저장할 수 있도록 항아리 모양의 굵은 줄기와
웬만하면 마르지 않는 깊은 뿌리를 갖고 있습니다.

지구의 승자는 식물일 수 있습니다.
지구의 대부분을 점령하고 있는 생명체가 식물이니까요.
그 놀라운 생명의 심연을 들여다볼 필요가 있습니다.

사막의 장미처럼 생존이 절박한 환경에서
몸을 바꿔서라도 환경을 극복하려는 의지로

옹골차게 살아가는 개체가 참으로 많으니까요.

오지 않는 봄은 없습니다.
몸이 병든 자보다 집이 가난한 사람이 낫고
명이 다해 죽어가는 자보다. 그래도 명줄을 이어가는 병든 자가 낫습
니다.

우리가 살아가는 데 있어서
중요한 것은 환경보다도 삶의 의지일 수 있으니까요.

• • • •
지어지락(知魚之樂)

장자가 혜자와 함께 호수(濠水)의 다리 위를 거닐고 있었습니다.
장자가 말했습니다.
"피라미가 나와서 한가롭게 놀고 있으니, 이것이 물고기들의 즐거움이
겠지."
혜자가 말했습니다. "자네는 물고기가 아닌데, 어찌 물고기의 즐거움
을 알 수 있나?"
장자가 말했습니다. "자네는 내가 아닌데, 어떻게 내가 물고기의 즐거
움을 모른다는 것을 알 수 있는가?"

혜자가 말했습니다. "나는 자네가 아니니까 물론 자네를 모르지.

그렇다면 자네도 물고기가 아니니까 자네가 물고기의 즐거움을 알지 못한다는 것은 확실한 일이지."

"자, 처음으로 돌아가 보세. 자네는 나더러 '어찌 물고기의 즐거움을 알 수 있냐'고 했지. 이 말은 자네가 이미 내가 물고기의 즐거움을 안다는 것을 알고 물은 것이네. 나는 호숫가에서 노니는 물고기의 즐거움을 알 수 있다네."

참으로 논리 정연한 글입니다.

2000년 전에 이렇게 완벽한 논리를 구사할 수 있었다고 하는 것은 어쩌면 언어라고 하는 도구가 상당히 발달하여 있기 때문이겠지요.

이 글은 하나의 관점만을 고집하면 안 된다는 사고의 유연함을 강조한 글입니다.

나이가 들수록 경계해야 할 것이 사고의 경직성입니다.

사고의 경직은 아집이 생기기 쉽고 기성세대라 매도당하기 일쑤이지만 사고의 유연성은 자기 것만 고집하지 않기에 발전 가능성이 열려있고 새로운 것을 추구하기에 미래지향적이라는 장점이 있습니다.

세상의 모든 것에는 양면이 있습니다.

그림자가 있다는 것은 빛이 있다는 것을 의미하기도 하니까요.

세상을 잘 살아가려면 좀 더 유연해질 필요가 있습니다.

그러기 위해서는 폭넓은 정보와 이해, 교양과 경험이 필요하지요.

마음이 따뜻한 사람이라고 하는 것은
이해심이 넓은 사람이라고 하는 것은
이런 사고의 유연성을 갖춘 사람입니다.

자기만 고집할 것이 아니라 내가 진정성을 갖고 믿고 있는 가치들을
뒤집어 생각해 볼 필요가 있다는 것이지요.

　※ 인터넷 유머

　멋진 중년
　여자 스님이 대폿집에 들러 곡차 한 잔을 마시다가 옆 테이블과
심한 말다툼이 벌어졌다. 내용인즉, 옆에 있던 50대 남자들이 건
배하면서 이렇게 외쳤기 때문이다.

　멋진 중년(?)을 위하여!

양가지론(兩可之論)

제자백가 중 명가에 속하는 등석이란 사람이 남긴 글입니다.

유강에 물이 불어 정나라의 어떤 부자가 급류에 휘말려 빠져 죽었습니다.

시체가 물에 떠내려가다가 하류에 이르렀을 때,

마침 배를 띄우려던 사공이 시체를 발견하고는 건져내었습니다.

화려한 옷과 장신구들을 보고서 큰 부자임이 틀림없다고 생각한 사공은

많은 보상을 받을 수 있으리라는 기대에 부풀었습니다.

물에 빠져 죽은 부자의 집에서는 주인의 시체를 찾기 위해 난리가 났습니다.

얼마 지나지 않아 부자의 집에서 보낸 사람들이 시체를 건진 사공을 만나게 되었습니다.

사공은 엄청난 금액을 요구했습니다.

요구액이 터무니없이 많은 데 놀란 그들은 어떻게 할까를 상의하다가

변론을 잘하기로 유명한 등석을 찾아갔습니다.

"선생님, 저희 집주인이 물에 빠져 돌아가셨는데,

그 시체를 건진 사공이 엄청난 대가를 요구합니다. 어떻게 하면 좋을

까요?"

"기다리시오. 그 뱃사공이 시체를 팔 수 있는 곳은 당신네 집뿐이지
않소.

기다리면 값이 내려갈 것이오."

"기다리다 보면 자꾸 시체가 부패할 텐데요."

"그럴수록 기다리시오. 시체가 부패할수록 값이 내려갈 거요."

부잣집 사람들은 등석의 말대로 기다렸습니다.

그러자 난리가 난 것은 뱃사공이었습니다.

이번에는 애가 탄 뱃사공 쪽에서 등석을 찾아갔습니다.

"선생님, 제가 어떤 부자의 시체를 건졌는데 많은 보상을 요구했더니
값을 깎자고 하면서 시체를 찾아갈 생각을 하지 않습니다.

어떻게 하면 좋을까요?"

"기다리시오. 그 부잣집이 시체를 살 수 있는 곳은 당신네 집뿐이지
않소.

기다리면 값이 올라갈 것이오."

"기다리다 보면 자꾸 시체가 부패할 텐데요."

"그럴수록 기다리시오. 시체가 부패할수록 값이 올라갈 거요."

글에는 이 사건이 어떻게 해결되었는지 나와있지 않습니다.

서로 양보하지 않으면 양쪽 다 좋을 것은 없을 텐데

그 양보가 쉽지 않습니다.

흐르는 강물처럼 如流

서로 반대되는 주장을 긍정하는 것을 양가지론(兩可之論)이라 합니다.
등석과 같은 사람이 많아지면 객관적인 사실이 존중받지 못합니다.

서양에서는 치킨을 겁이 많은 동물이라고 생각합니다.
모이를 주려고 해도 가까이 오지 않으니 의심 많은 겁쟁이 취급을 하는 것이지요.
치킨 게임이 있습니다.
2대의 차량이 마주 보며 돌진하는 게임이지요.
충돌 직전 1명이 방향을 틀면 겁쟁이가 되는 것이고 아니면 양쪽 모두 자멸하게 됩니다.

우린 훌륭한 토론 문화를 별로 가져보지 못했습니다.
어떨 땐 자기주장 발표대회를 보는 것 같은 느낌도 있습니다.
단체 대표로 토론회에 참석하여 상대방의 의견에 동조라도 하는 날에는
그 단체에서 매장되는 경우도 많습니다.
상대방을 내 편으로 끌어들이려고 한다면
자신도 상대방에게 한 발짝 다가가야 합니다.
세상은 나 혼자 살아가는 것이 아니기 때문입니다.

관 점

나무를 켜서 책상을 만듭니다.
나무 입장에서 보면 쪼개지고 부서지는 것이지만
책상 입장에서 보면 조립이고 만들어지는 것입니다.
이렇게 세상은 서로 다른 눈으로 맞물려져 있습니다.

우린 고전이나 명화를 대하는 데 있어서 지나치게 무게를 중시하는
경향이 있습니다.
작품의 배경부터 작자의 의도, 그 시대 사회상, 현대화된 해석을 곁들
이다 보면
깊이 있는 이해는 되었을는지는 몰라도
작품의 내면과는 점점 멀어지는 감상에 빠질 수도 있습니다.
그러니 유명한 작품을 보면서 교훈을 찾거나 깊은 사색에 잠길 필요
는 없습니다.
그냥 느껴지는 대로 작품을 즐기면 그만이지요.
어찌 보면 선입관을 가지고 대하는 작품의 감상보다는
순수한 마음과 열정으로 대하는 것이 작품의 진수를 느끼기에 더 좋
을 수 있습니다.
명화나 명작은 인류의 보편성을 담보하고 있기 때문이지요.

우린 당연함에 갇혀 진실을 보지 못하는 경우가 많고

마찬가지 이유로 발전의 기회를 잃는 경우가 많습니다.

또한 살아가면서 많은 선택과 마주하게 됩니다.
그 선택들이 모여서 삶을 이루게 되지요.
그렇게 중요한 선택을 하는 데 있어서 기준이 되는 것이 바로 관점입니다.

요즘 고3 교실에 들어가면 자기소개서를 쓰고, 진로를 탐색하며
미래 준비에 여념이 없는 모습을 봅니다.
물론 진로와 적성도 중요하지만, 어떠한 관점에서 인생을 바라보고
미래를 결정할 것인가 하는 생각하는 힘이 중요하다고 생각합니다.

· · · ·

비단 찢는 소리

나라가 망하는 데는 대부분 큰 이유가 있습니다.

중국 서주의 마지막 왕은 유왕입니다.

그는 천성이 난폭하고 주색을 즐겼다고 합니다.

조선조에도 채홍사(예쁜 여자를 발굴하는 벼슬)가 있었으니

어느 시기 어느 통치자도 주색을 탐하지 않은 사람은 없었을 것입니다.

다만 정도의 차이가 있을 뿐이겠지요.

우리가 성군으로 알고 있는 세종대왕도 18남 4녀를 두었으니 말입니다.

유왕에게는 총애하는 절세미인 포사라는 여자가 있습니다.

그녀에겐 웃음이 없었습니다.

포사를 웃기기 위해 별의별 궁리를 다 해봤지만, 그녀를 웃길 수는

없었습니다.

답답해진 유왕이 묻습니다.

"당신을 어떻게 하면 웃게 할 수 있겠소?"

"저는 좋아하는 것은 없고, 다만 비단 찢는 소리를 들으면 기분이 좋

을 듯해요."

이후로 유왕은 비단 징발령을 내립니다.

흐르는 강물처럼 如流

매일 산더미 같은 비단이 포사의 웃음을 위해 찢어집니다.
백성들은 폭력 앞에 비단 짜기에 동원됩니다.

비단 짜는 과정은 고통스럽습니다.
실을 만들어야 하고, 날줄과 씨줄로 한 올 한 올 짜야 하므로
엄청난 시간과 공력을 들여야 합니다.
그 땀의 결정체가 한갓 여인의 웃음을 위해 가차 없이 찢어집니다.

그렇게 백성을 돌보지 아니하고 국고를 탕진한 결과는
나라의 멸망과 유왕의 죽음이었습니다.
사람들은 누구나 역할 지위를 갖고 있습니다.
크든 작든 사회 속에서 리더의 역할을 담당하기도 합니다.

오자병법으로 유명한 오기 장군은 최고사령관인데도
평소에 말을 잘 타지 않고 병사와 함께 걸었으며
자신이 먹을 식량을 짊어지고 다녔고
누추한 막사에서 병사들과 함께 자곤 했습니다.

구성원들이 충성심을 발휘하고 일에 대해 열정을 갖게 만들려면
높은 급여와 미래에 대한 비전,
쾌적한 근무 환경도 좋지만
그보다 중요한 것은 리더십입니다.

구성원을 가족처럼 보살펴 주는

섬김의 지도력(Servant Readership)이 중요한 이유이지요.

· · · ·
인생의 주인공

머리에 모심고 세상에 태어난 사람 중
어느 한 사람이라도 중요하지 않은 사람은 없습니다.
특히 부모의 자식 사랑은 각별하다 못해 애처롭기까지 하지요.

그 사랑의 여파는 상당히 우려할 만한 것이어서
어려서부터 주인공이 되라고 강요하는 경우가 많습니다.
내 아이가 너무 소중하기 때문이지요.

주인공을 향한 노력은 치열한 경쟁을 낳게 되고
항상 넘버원으로 살고자 하는 아이는 불행해지기 쉽습니다.
해마다 꽃다운 나이의 청소년들이 스트레스를 못 이겨 생을 마감합
니다.
OECD 국가 중 10만 명당 자살이 33.4명으로 독보적 1위를 하고 있
으며
2위 국가와도 거의 두 배 차이가 납니다.

흐르는 강물처럼 如流

공부 스트레스 때문에 자살하는 청소년들은
결코 공부를 못하는 꼴찌들이 아닙니다.
공부를 잘하는 선두권 아이들이 부모나 주변의 지나친 기대감을
이기지 못해 극단적인 선택을 하는 것이지요.

이제는 달라져야 합니다.
어느 정도 먹고사는 것이 해결된 지금은
모두의 행복지수를 높일 때이지요.
남 위에 군림하는 것과 행복을 동일시해서는 안 됩니다.
긁어모으는 것이 행복이라고 속아서도 안 되지요.

인생은 속도가 아니라 방향입니다.
항해와 표류는 다른 개념입니다.
목표를 향해 나아가는 것은 항해이지만
목표를 잃어버리면 표류입니다.

자동차가 500마력 이상을 자랑한다고 하더라도
내비게이션이 엉망이면 아무런 의미가 없습니다.
우리 아이들의 행복지수가 꼴찌를 면하지 못하고 있는 이때
교육부의 학습량 감소 발표는 마른 대지의 단비입니다.

우린 하나뿐인 생명, 하나뿐인 인생, 하나뿐인 삶을 위하여
모두가 승자가 되는 윈윈의 삶을 살아야 합니다.
시계보다는 나침반이 중요하니까요.

. . . .
섭지코지

어머니의 젖무덤같이 부드러운 선을 지키고 있는 오름 아래
돌담에 파묻혀 옹기종기 모여 앉은 집들과
구름 한 점 없이 짙푸른 가을 하늘 아래
한가로이 풀을 뜯는 조랑말들의 모습이
이곳이 다정다감한 사람들이 살아온 터전임을 짐작게 합니다.

오후에 짬을 내어 갈대가 우거진 섭지코지를 찾았습니다.
'코지'는 육지에서 말하는 '곶'입니다.
즉 육지가 바다 쪽으로 돌출되어 나온 끝부분을 의미하는 제주도 사
투리이지요.
물론 섭지는 지명입니다.

섭지코지는 아름다운 해안 풍경이 일품입니다.
들머리의 신양해변 백사장과 끝머리 언덕 위의 평원에 펼쳐진 초원
바위로 둘러싸인 해안 절벽…
밀물과 썰물에 따라 물속에서 솟아오르는 기암괴석….
자연은 수석 전시회 연출을 방불케 합니다.

이곳에는 아래와 같은 전설이 전해져 온다고 하지요.
"옛날 이곳은 선녀들이 목욕하던 곳이었습니다.

흐르는 강물처럼 如流

선녀를 한 번 본 용왕신의 막내아들은 용왕에게 선녀와 혼인하고 싶다고 간청하였습니다.

용왕은 100일 동안 기다리면 선녀와 혼인시켜 줄 것을 약속했으나,

100일째 되던 날 갑자기 파도가 높고 바람이 거세어져 선녀는 하강하지 않았습니다.

용왕이 이르기를 너의 정성이 부족하여 하늘이 뜻을 이루지 못하게 한다고 하였습니다.

이에 슬퍼한 막내는 이곳 섭지코지에서 선 채로 바위가 되었습니다."

어디를 보든 전설 한 자락쯤 품고 있지 않은 곳이 없고
실수로 눌린 셔터 속에서도 빛나는 자연의 아름다움은
세상의 시름을 잊는 힐링의 시간을 제공해 주었습니다.

세파에 찌들고 삶의 벼랑에 섰다고 느낀다면
모든 것을 놓고 떠나는 여행을 하는 게 좋습니다.
돌아오기 위하여 떠나는 것이 여행이지만
돌아올 땐 마음의 짐을 내려놓고 오는 홀가분함이 있으니까요.

요즘은 무소유를 소유하고 싶습니다.

촌놈 한라산 등정기

계절이 까무룩 하여 가을로 넘어갈 즈음
지인들과 한라산에 오르는 기회를 잡았습니다.

성판악-속밭 대피소-진달래밭 대피소-백록담을 왕복하는 일정인데
편도 9.6km를 걸어야 합니다.
식생에 관심이 없는 분들은 다소 지루할 수도 있는 등반이지요.

한라산의 높이 1,950(한번 구경 오십시오)m는
건조단열감율이나 습윤단열감율이니 하는 어려운 지리학 용어를 들
이대지 않아도
고도가 높아질수록 기온이 점점 떨어져 평소 산 아래보다 10도 정도
는 낮은 기온을 유지하니
백록담의 여름은 봄가을과 같이 서늘하여 좋습니다.

성판악에서 속밭 대피소까지는 아주 평이한 길입니다.
마치 산책하듯 올라갈 수 있고
주변에 낙엽활엽수와 상록수림을 볼 수 있으며
특히 제주도에서 자생하는 굴거리나무의 군락이 인상적이었습니다.

진달래밭 대피소를 지나 1,400m를 넘어서니

흐르는 강물처럼 如流

울창한 나무숲은 없어지고 사람 키만 한 관목이 여행객을 반겨줍니다.
조릿대라고 일컫는 산죽이 바다를 이루고 있는 곳이기도 하지요.

고도가 높아질수록 나무는 낮아집니다.
1,600m를 올라가면 높이 자라던 구상나무가 땅을 기고
천년 세월 바람에 씻기어 한쪽으로만 성장하여 독특한 모양을 뽐냅니다.
가끔은 고사목이 흰 속살을 드러내어 이곳이 만만하지 않게 높음을
웅변으로 나타내주고 있습니다.

정상부에 다다르면 목본류는 더 이상 찾아볼 수 없고
풀만 무성한 초원지대를 만나게 됩니다.
불과 한나절 만에 수직 식생대에서 다양한 식물을 만나볼 수 있다고
하는 것은
한라산 등반의 또 다른 묘미입니다.

한라산을 등반할 때는 시간이 중요합니다.
정상을 오르려면 진달래밭 대피소를 반드시 12시 30분 전에 통과해
야 하며
백록담에서는 늦어도 14시에는 하산해야 하기 때문입니다.

한라산은 높아질수록 가팔라지는 특징이 있습니다.
그러니 시간적 여유를 가지고 등반해야 합니다.
보통 산에 들면 새소리 물소리 바람 소리가 삼박자를 갖추게 됩니다.
그러나 한라산에는 물소리가 없습니다.

물 빠짐이 좋은 현무암 덕에 계곡은 흔적기관처럼 남아있고, 물은 말라있는 것이 보통이니까요.

높은 산 날씨는 예측할 수 없습니다.
운무가 시시때때로 급변하는 날씨를 만들어 내기 때문이지요.
우리가 한라산을 등정하던 날은 날이 너무 좋아서
바람 한 점, 구름 한 조각 없었습니다.

백록담이 말간 얼굴로 온전한 모습을 보여주었고
산 아래 아스라이 보이는 초원과 그 끝을 장식한 바다….
참 신선한 모습을 아낌없이 보여주어 감사하였습니다.

누군가 한라산은 어렵지 않다고 했는데
막상 올라보니 끊임없이 이어지는 돌길에 긴 코스가 쉽지는 않았습니다.
한라산을 오르며 산 앞에 겸손해져야 함을
그리고 느껴보기 전에는 알 수 없는 대상의 진정성을
침묵으로 배울 수 있었습니다.

게릴라 가든

게릴라 가든은 텃밭의 미국식 표현입니다.

그 표현이 참 재미있네요.

우린 식물이 차지하고 있던 땅을 빼앗아 그 위에 건축물을 짓고 도로를 냅니다.

그러니 식물에 대한 보상 차원에서라도

옥상을 녹지로 만들거나 집 안 일부분을 식물 기르는 공간으로 만들어야 합니다.

그것이 초록별 지구에 대한 최소한의 예의이지요.

아이들 정서를 순화시키고 건실한 민주시민으로 성장하도록 교육하려면

텃밭만큼 좋은 것이 없습니다.

식물을 기르면서 생명의 소중함을 배우고

세월의 흐름 속에서 성장하고 열매 맺는 과정을 공유하면서

세상엔 꼼수가 존재하지 않으며

땀을 흘리고 노력한 만큼 결과를 돌려주는 땅의 정직성을

학습할 수 있기 때문이지요.

게릴라 가든이 되었든 텃밭이 되었든

아이들이 어머니 품 같은 부드러운 대지에

생명의 씨앗을 심어보지 못하고 자라는 것보다 더 메마른 것은 없습
니다.

아이에게 사려 깊게 배려하고

감사할 수 있는 인성을 길러주려고 한다면

책을 덮고, 컴퓨터를 끄고 밭으로 나가봄 직합니다.

자라는 식물을 사랑으로 키워내는 경험의 가치는 경험 이상이니까요.

• • • •

간디가 말하는 일곱 가지 죄악

인도의 성자 마하트마 간디는 그의 자서전에서

아래와 같이 일곱 가지의 사회적 죄악을 명시했습니다.

1) 노동 없는 부의 축적(Wealth without work)

2) 양심의 가책 없는 쾌락의 추구(Pleasure without conscience)

3) 인류애를 감안하지 않은 과학(Science without humanity)

4) 인격 없는 지식(Knowledge without character)

5) 원칙 없는 정치(Politics without principle)

6) 도덕성 없는 상업(Commerce without morality)

흐르는 강물처럼 如流

7) 희생이 없는 종교(Worship without sacrifice)

이것을 긍정문으로 바꾸어 쓰면 다음과 같습니다.
부(富)에는 노동이 따라야 하고,
쾌락(快樂)에는 양심이 따라야 하며,
과학(科學)은 인류애에 맞아야 하고,
지식(知識)에는 인격이 전제되어야 하고,
정치(政治)는 신념을 추구해야 하고,
사업(事業)은 윤리적으로 행해져야 하고,
종교(宗敎)는 희생을 곁에 두어야 한다.

돈이 돈을 버는 자본주의 사회에서
부동산 투기와 같이 노동 없이 축적된 부의 결과
자칫 노동의 신성함이 외면당하는 현실에서
정당하고 떳떳하게 일하는 정직한 사회를 이야기합니다.
그리고 인간의 감각적 욕망을 확대 재생산함으로써
사회의 병든 모습을 경계해야 한다는 것입니다.
과학의 발달이 핵무기나 생화학무기 등으로 쓰여서는 안 되고
유전과학의 발달이 인류의 보편적 윤리를 해쳐서는 안 된다는 말씀이
지요.

지식과 기술개발이 돈에 의하여 좌우돼서는 안 됩니다.
또한 교활한 지식인은 사회를 병들게 한다는 것이지요.
정치는 권력을 잡는 것이 목표인 것은 인정하지만

수단과 방법을 가리지 말라는 이야기는 아닐 겁니다.

극단적인 마키아벨리즘이 신봉되는 정치가 되어서는 안 된다는 이야기지요.

기업의 생산과 유통 속에 도덕이 살아 숨 쉬어야 한다는 말씀엔 뼈가 있습니다.

대기업은 중소기업이 할 수 있는 일에 진출해서는 안 되는 것이고

일부의 이익을 위하여 전체를 해치는 일이 없어야 하지요.

또한 희생을 통한 종교를 이야기합니다.

종교처럼 무서운 것이 없습니다.

그것은 정신 영역이라 신념보다 강한 힘이 있기 때문이지요.

종교의 상업화, 개인화, 집단 이기심화는 경계해야 할 일입니다.

간디의 일곱 가지를 적어놓고 보니

조그만 힘도 권력도 없는 일개 무명 교사인 제가

괜스레 부끄러워지는 이유를 모르겠습니다.

오래전에 멋스럽게 살다 간 성자의 말씀이 아프게 다가오네요.

흐르는 강물처럼 如流